GREEK
MYTHOLOGY
FOR CHILDREN

希腊神话全书

全 6 册

I

诸神的故事

〔希腊〕莫奈劳斯·斯蒂芬尼德斯 (Menelaos Stephanides) 著
〔希腊〕雅尼斯·斯蒂芬尼德斯 (Yannis Stephanides) 绘
彭 萍 等译

中国出版集团
中译出版社

GREEK MYTHOLOGY FOR CHILDREN

by Stephanides Brothers

Copyright © 1991: Sigma Publications, Menelaos Stephanides, Yannis Stephanides.

Simplified Chinese translation copyright © 2024 by China Translation and Publishing House
ALL RIGHTS RESERVED.

著作权合同登记号：图字 01-2021-1120 号

图书在版编目（CIP）数据

希腊神话全书：全6册 /（希）莫奈劳斯·斯蒂芬尼德斯著；（希）雅尼斯·斯蒂芬尼德斯绘；彭萍等译. 北京：中译出版社，2024. 7. -- ISBN 978-7-5001-7728-9

Ⅰ．I545.73

中国国家版本馆CIP数据核字第2024U6E746号

希腊神话全书（全 6 册）

XILA SHENHUA QUANSHU (QUAN LIU CE)

出版发行	中译出版社
地　　址	北京市西城区新街口外大街 28 号普天德胜大厦主楼 4 层
电　　话	（010）68005858，68359827（发行部）68357328（编辑部）
邮　　编	100088
电子邮箱	book@ctph.com.cn
网　　址	http://www.ctph.com.cn

出 版 人	乔卫兵
总 策 划	刘永淳
策划编辑	赵　青　朱安琪
责任编辑	黄亚超
文字编辑	赵　青　马雨晨　朱安琪
装帧设计	黄　浩　潘　峰

排　　版	北京竹页文化传媒有限公司
印　　刷	北京瑞禾彩色印刷有限公司
经　　销	新华书店

规　　格	880mm×1230mm　1/16
印　　张	88.25
字　　数	891 千字
版　　次	2024 年 7 月第 1 版
印　　次	2024 年 7 月第 1 次印刷

ISBN 978-7-5001-7728-9　定价：368.00 元（全 6 册）

版权所有　侵权必究

中 译 出 版 社

推荐序

我想，要为中译出版社出版的《希腊神话全书》（全6册）作序，谈谈我对希腊神话的一些看法，那么不妨退一步，先从这个源自希腊的单词"神话（mythology）"的词源说起。

"神话（mythology）"一词由另外两个希腊语单词组成，即"mythos"和"logos"。"mythos"指故事或叙述，"logos"指研究。如果我们把这两个词结合在一起，指的就是对故事的研究。我特别强调"研究"的部分，因为它是决定神话如何叙述故事的要素。在"神话"一词的定义背后，始终有一种好奇和探索的动机，而不仅仅是为了娱乐或吓唬篝火旁的观众。对希腊人来说，神话的意义远远超过童话。

自古以来，神话就被视为真实的历史故事或对自然现象的解释。神话旨在解释事物、教育民众，帮助他们了解自己和周围的环境。在文字尚未出现或仍被少数人垄断的时代，神话将历史事件保存在希腊本土、小亚细亚、地中海地区和北非的希腊人聚集区的集体记忆中。考古发掘证实了这一假设的真实性，将诗人笔下描绘的城市示于人前。在发现这些城市之前，怀疑论者将神话归入童话的范畴，并将其视为讲述者的想象。然而，对特洛伊城或迈锡尼城的考古发掘，以及发掘出的其他古希腊遗迹，都证明了神话的背后有值得我们认真对待的故事。神话故事背后的创作驱动力是对那个时代的研究并为它提供一个合理的解释，这是根本的目标。在我看来，这一特点与全球其他文化中的民间故事有着很大的区别。希腊神话的另一个特点是故事情节的丰富性，这与其解释性、说教性和历史叙述性的特点密切相关。通过众多主人公的互动，这些故事形成了一个庞大的互相交错的网络。如果我们把希腊神话看作一个全面的体系，其中包含了生命的创造、自然的力量、神的诞生以及人类的历史，那么就能够更好地理解希腊神话。尽管现代社会赋予"神话"一词某些负面意义，认为它们缺乏真实性且只适合睡前阅读，但是希腊人坚信，神话是真实发生过的事情，是对那些生活在过去的神明以及人类的记录。

希腊人创造神话是为了回答一些基本的问题，比如人类从哪里而来、谁创造了人类、谁创造了自然、自然是什么、死后生命的可能性以及死后的世界究竟是什么样子的。要找到这些问题的答案，就需要深入研究人类的处境和内心，而这就需要对自然有一定的认识，从而揭示因果关系，允许人们在希腊世界对信仰进行探讨和质疑并开展相关研究。它使得人们能够从整体上理解事物。约公元前8世纪，赫西俄德从他那个时代的神话中汲取灵感，写下了一部极具权威性的著作，为人类的思想打上了深刻的烙印。这本书的名字叫《神谱》（*Theogony*），意思是"神的诞生或神的起源"。《神谱》的叙述从卡俄斯（Chaos，意为"混沌"）开始，这与现代科学对世界起源的理解有相似之处。原初爱神厄洛斯在创世过程中扮演着核心角色，爱神的力量可以被理解为"爱"，也可以被理解为"孕育生命的肥沃土壤、原始和原初的力量"。《神谱》宣告了诸神之间的身份和关系，神王宙斯是叙事的中心点，其他故事的叙事则围绕宙斯展开。

希腊神话的另一个主角是亚细亚（Asia）的丈夫普罗米修斯。根据《神谱》的记载，普罗米修斯违背宙斯的命令，偷走了神火并将其赐予人类。这一违抗命令的行为导致他被铁链锁在悬崖峭壁上，永远忍受肝脏被秃鹫啄食的折磨，直到另一位伟大的神话英雄赫拉克勒斯将他从苦难中解救出来。赫西俄德在他的著作中详细介绍了许多其他神灵的家谱。前文提到了亚细亚，亚洲大陆就是以她的名字命名的。

欧罗巴（Europe）是亚细亚的姐妹，欧洲大陆的名字则是由欧罗巴的名字命名的。不过，根据过去希腊人命名欧洲的传统，这个名字最初是用来形容希腊的一部分，后来才用来形容整个希腊。这个故事在本套图书的第3册《英雄远征传奇》中有所展示。年轻貌美的欧罗巴被宙斯劫持，宙斯化身为一头雄壮的白牛诱骗了她，然后带她飞越大海，来到克里特岛，成为克里特的第一位女王。宙斯将人类历史上第一个青铜巨人塔罗斯送给了她，塔罗斯的任务就是保护克里特岛。根据希腊神话，塔罗斯被乘坐"阿耳戈号"来到此地的阿耳戈英雄们摧毁，而"阿耳戈号"则是人类历史上第一支海军舰队。欧罗巴去世后，宙斯将她放置在天空中，形成了一个星阵，也就是众所周知的金牛座。

当讨论到这两姐妹的话题时，就不能无视希腊神话的重要性。它不仅为两大洲命名，而且通过两姐妹的亲缘纽带，将两块大陆及其人民紧密团结在一起。尽管今天仍然存在宣扬仇恨和歧视的谬论，希腊神话却已经向我们佐证了亚欧之间的亲密关系，且让我们了解到神话与天文学之间的关联。

赫西俄德还写了另一部充满神话和道德箴言的伟大著作——《工作与时日》（Works and Days），记述了人类发展过程中的基本阶段。在赫西俄德之前，还有一位精神巨人——荷马。荷马是希腊的诗歌之父，在他的两部史诗杰作《伊利亚特》（Iliad）和《奥德赛》（Odyssey），即本套图书的《特洛伊之战》和《奥德修斯归家记》中，展现了神灵、国王、英雄、战士、怪兽、女巫、贵族妇女和普通人等，在最美丽的神话画卷中的互动。这些诗歌在古代是学校课程的一部分，如今在世界许多国家也是如此。

《荷马史诗》（Homer's Epics）是艺术灵感的永久源泉，为我们提供了大量关于古代民族、城市、宗教习俗、风俗、技术进步、战斗技巧等方面的信息。尽管在某个时期，这些信息被视为纯粹的想象和童话世界的一部分，但如今它们已被视为科学研究的宝贵资料。根据神话传说，特洛伊木马使阿开亚人得以潜入特洛伊城，并征服了特洛伊人。今天的科学界倾向于，特洛伊木马要么是一艘船体上隐藏着战士并装饰着马匹的战舰（根据当时的习俗，它是假装离开的阿开亚人送给特洛伊人的礼物）；要么是一个马形的攻城机器，用来推倒特洛伊的城墙。

在古代世界，陶艺家们从史诗或当地英雄的事迹中汲取灵感，用著名神话中的场景来装饰陶瓶。赫拉克勒斯就是这些场景中的常客，他很有可能是一个真实存在的历史人物，他的十二项功绩使他首先成为史诗时代的英雄，然后跻身奥林匹斯诸神之列。赫拉克勒斯为了保卫人民，英勇地击败了怪兽和恶人。众人为了表达对他的感激之情以及对他超人力量的钦佩，就用神话的形式永远保留了对他的记忆。

由此，我们发现了神话的不同功能：它不仅保存了对重大事件的历史记录（如特洛伊战争），也保存了对某些特殊人物的记忆。亚历山大大帝更是如此，他带领的不败之师曾到达印度次大陆，他超凡脱俗的个性更是引发了许多围绕其生平和事迹的神话。如今，关于亚历山大大帝的神话传说不仅在希腊，而且在中东、中亚、北非、巴基斯坦、印度和欧洲等地也非常活跃。

世界戏剧、歌剧、表演艺术和造型艺术为我们了解希腊神话与艺术之间的互动提供了一个独特的窗口。三大戏剧之父——埃斯库罗斯、索福克勒斯和欧里庇得斯，他们都曾以希腊神话中的诸多故事为第一素材和框架，在此基础上创作出自己的杰作。他们在人类历史上，首次通过戏剧来讲述人类的信仰、命运、责任、力量、弱点、局限性、传统、新思想以及人与人之间的关系等众多主题。当然，他们也保留了自己的艺术自由，根据戏剧情节和他们想要表达的教义来塑造神话。这些戏剧家的后继者数不胜数，威廉·莎士比亚就是他们最有名的学生之一。其他从希腊神话中寻找灵感的世界知名剧作家还有扬·科克托、尤金·奥尼尔、T.S. 艾略特和詹姆斯·乔伊斯等。至于作曲家，可以这样说，几乎所有的意大利歌剧大师，诸如格鲁克、施特劳斯、斯特拉文斯基、瓦格纳等，他们都曾在希腊神话中寻找灵感。

同时，雕塑艺术与希腊神话更是密不可分。因为序言的篇幅有限，我就简单讲讲从雅典卫城的雅典娜神庙中盗走的、现陈列于大英博物馆的建筑装饰大理石雕塑，其中有许多描绘了著名的神话场景，如纪念雅典娜女神的游行盛典、神话中半人马拉皮斯的战斗，以及众多用以展示众神和英雄的形象。

有一些重要的思想家倾向于在"mythos（神话）"和"logos（研究）"之间划出一条界线，他们认为前者代表着非理性、本能、原始信仰和晦涩难懂，后者则代表着理性、透明和纯粹的知识之光。这些人将酒神狄俄尼索斯和光明之神阿波罗人格化，认为这是不可调和的差异。

对此我不敢苟同。

在我看来，恰恰是希腊神话让人们从无知的黑暗时期，过渡到对逻辑和真理的探寻时代。我们不能否认，在迷信和恐惧盛行的地方，希腊神话为人们带来了理性的光芒。几千年来，希腊神话不仅是艺术和文学灵感的源泉，更是人类历史上第一次尝试将"神话"和"研究"合二为一，使人们得以探求在此之前根本不存在的问题的真相。

在这篇序言的最后，我想对斯蒂芬尼德斯兄弟和中译出版社的精心工作表示感谢。希腊神话是希腊乃至世界文明的重要基础之一，我相信读者一定会借由这套《希腊神话全书》（全 6 册），对希腊神话有所更好的认识和理解。

埃夫耶尼奥斯·卡尔佩里斯博士（Dr. Evgenios Kalpyris）

希腊驻华大使

2024 年 6 月

作者序
青少年读者应如何看待希腊神话

在远古时代，人类像小孩子一样喜欢神话故事。由于当时无力抵抗各种自然力量，人们过着难以想象的艰苦生活。可怕的自然力量在人类的世界横行无忌，人们一不留神就会遭受灭顶之灾。与此同时，自然界雄伟壮美的景色又常常使他们心醉神迷，让人类对生活充满热情。

为了增加对现实生活的了解，希腊先民们苦苦搜寻着给他们带来恐惧和欢乐的自然现象的内在原因。由于科学知识的限制，他们寻求解释的种种努力总是以失败告终。因此，人类只好依靠想象力继续探索，这种想象力任意驰骋，创造出成百上千情节丰满、情感激荡的动人故事。而这些故事从某种程度上来讲，往往折射出先民们现实生活的艰辛，故事内核则涌动着一股强烈的悲情。

如此，便产生了神话和神话学。

对我们当今的读者来讲，神话里充满了传闻与幻想，它们似乎都是一些虚无缥缈的神仙故事。事实并非如此，在这些曲折、离奇的故事背后，隐藏着先民们曾经历过的、真实且永恒的事件。实际上，每一个民族的神话中，都可以窥见这个民族在古代生活的真实点滴，并且以他们自己的所见所闻和能够阐释的形式表现出来。更为重要的是，我们可以从中找到古人对人性、生活和宇宙本质的洞察与见解。

希腊的土地上，诞生了古老民族中体系最庞大的神话。希腊人出于对壮丽山河、日常生活和一切美好事物的热爱，创造了自己独特的神话。希腊人崇敬那些神话中的英雄群体，崇敬他们依靠丰富想象力所创造出来的神灵——奥林匹斯山上的众神。希腊神话具有诗歌般的隽永意境，诸神又展现出超脱或世俗的特质，他们的言行蕴含着古老的道德观念及价值观念。

希腊神话历经数千年的口耳相传，原本存在于普通人心目中不朽的众神最终都会消失，最终为希腊神话故事所替代，完整地保存在各类哲学、历史、文学和艺术著作中。古往今来，灿若繁星的哲学家、史学家、文学家和艺术家从中汲取营养，取得了卓越的成就，留下浩如烟海的传世佳作。

因此可以说，希腊神话是西方文明不朽的源头活水。即便在今天，希腊神话仍然指导着不同年龄的读者理解美和善的含义。正是这种美和善以及希腊神话的可爱之处，促使我们尽心尽力改编、出版了这套图文并茂的青少年读物。

这套神话作品是专门为青少年设计的，历经25年的精心编写和打磨，目的是为青少年朋友们提供一套具有指导和教育意义的读物。同时我们也想使它成为一套能培养青少年优秀品格的图书，促使青少年远离市面上那些看起来有诱惑力但内容庸俗、浅薄的读物。

为了达到这一目的，我们采取了适当手法，把神话引入现实生活，又不违背原作的内容和古典风格。我们清醒地认识到，高质量的插图不仅能吸引孩子们去阅读，而且能使他们对神话本身有更生动、更直观的了解，有助于在他们心中留下难以磨灭的印象。

对文字的处理，需要特别仔细、认真。将神话故事编成引人入胜的读物，则需要作者有深厚的文字功底。毫无疑问，我们已经尽心尽力。为了使这套《希腊神话全书》(全6册)具有教育价值，作者必须有正确的指导原则。

首先，那种认为希腊神话不适合青少年阅读的观点是片面、武断的。我们认为，希腊神话蕴含极其丰富的教育意义。有人说，希腊神话描述了某些天神言行中不公正的现象，不适合孩子们阅读。我们的观点恰恰与此相反。

希腊先民们根据他们生活中的现实素材创作了神话，在那个艰难困苦的远古时代，实际生活中的不公正现象比比皆是。如果我们用动听的言辞去美化那些不公正的现象，那才是不可取的，也是我们着力避免的。

还有人说，希腊神话之所以在人文教育领域占有一席之地，只是因为它有幸流传下来。这个观点也过于简单。具有永恒魅力的作品应归功于那些与荷马一样有出众才华的诗人，这与那些为了其他目的而编造的低俗神话毫无共同之处。

以上述观点作为指导思想，我们在浩如烟海的不同版本的神话作品中进行筛选，剔除了那些低级庸俗、违背现代教育宗旨的作品。我们发现，所有那些比较有意义的神话都很符合现代教育的需要。为此，我们深感欣慰。

我们编撰工作的最高目标是为了开发、弘扬希腊神话中丰富的优秀遗产，同时，我们也尽量避免那种自以为是的说教腔调。我们沿袭古希腊伟大剧作家的足迹，从希腊神话中选取素材，描述值得全世界推崇的、具有首选价值的故事。我们改编、出版这些神话故事的最根本原因和动力，是我们心里永远想着青少年读者。

我们不能要求每个孩子，尤其是年龄较小的孩子，都能理解这些深刻的思想。但是，即使他们不能完全理解，他们对某些情感和真谛还是能明白的。蕴含在神话中的寓意，实际上能增加青少年的阅读兴趣，促进他们对现实社会的理解。至于能否快速理解其中的深层含义，也没有太大关系，我们充分相信青少年读者的理解能力，并且鼓励他们从文字中获得探寻的乐趣。

我们的做法在多大程度上能使读者受益，只有请读者自己来做评价。

斯蒂芬尼德斯兄弟（Stephanides Brothers）

目　录

第 一 章　卡俄斯与世界之初 ……………………… 001

第 二 章　神王宙斯与提坦之战 …………………… 011

第 三 章　家庭守护者：天后赫拉 ………………… 027

第 四 章　灶炉女神赫斯提亚 ……………………… 041

第 五 章　农业女神德墨忒尔 ……………………… 045

第 六 章　海洋之神波塞冬 ………………………… 065

第 七 章　爱与美的女神阿佛洛狄忒 ……………… 075

第 八 章　工匠之神赫菲斯托斯 …………………… 089

第 九 章　智慧女神雅典娜 ………………………… 109

第 十 章　战争之神阿瑞斯 ………………………… 129

第十一章	狩猎女神阿尔忒弥斯	141
第十二章	光明之神阿波罗	155
第十三章	信使赫尔墨斯	173
第十四章	酒神狄俄尼索斯	189
第十五章	太阳神赫利俄斯	209
第十六章	风神的故事	221
第十七章	艺术女神缪斯与美惠三女神	231
第十八章	缪斯之子俄耳甫斯	237
第十九章	游吟歌者阿里翁	257
第二十章	森林之神玛尔绪阿斯	263
第二十一章	牧神潘恩	267

第一章

卡俄斯与世界之初

本书里的故事和以前你们听过的都不一样。它发生在很久很久以前,早到其他故事都还没有发生。要从头开始讲这个故事呢,就得不断向前探寻,回到最初连时间都还没有形成的时候。

　　在那个非常非常遥远的时代,有一位名为卡俄斯的神,他独自生活在宇宙中,四周什么都没有。没有太阳,没有光,没有大地,也没有天空,只有一片没有形状的虚空和无边无际的黑暗。

　　就这样不知过了多长时间,终于,卡俄斯开始讨厌一个人的生活,产生了创造世界的念头。

　　他做的第一件事情,就是创造了大地女神盖亚。盖亚有着说不出的美丽和可爱,浑身上下都充满力量和生命的活力。她的怀抱中生长出大片的土地,这些土地随后延伸开来,我们的世界就建立在她的身上。

　　接着,卡俄斯创造了令人胆寒的塔尔塔罗斯[①]和暗夜,又造出了美丽动人、光彩四射的白昼。

[①] 塔尔塔罗斯既可指代希腊神话中的"地狱冥土",又可指代人格化的神,与大地女神盖亚生有一子,即"万魔之祖"提丰。——编者注

塔尔塔罗斯幽深可怖，卡俄斯离地面有多高，那里离地面就有多深。如果你从卡俄斯所在的虚空中扔一根铁砧下去，要等上九天九夜，直到第十天早上，铁砧才会落到地面上。要是铁砧继续从地面往下落，就得再等上九天九夜，等到第十天早上，才能落到塔尔塔罗斯那里。塔尔塔罗斯藏在地下这么深的地方，因此，那里无比幽暗。塔尔塔罗斯无边无际，如果你走进那里，就得不停地往前走，而且走得很艰难，还要顶着"呜呜"作响的旋风，走上一年也无法走到尽头。

塔尔塔罗斯的中间是暗夜神的大殿。白天，暗夜神坐在大殿上；等黄昏降临的时候，他便飞到地面上，伸展开那巨大的翅膀，于是，黑夜就到来了。

卡俄斯完成了他的任务，接下来轮到大地女神盖亚来创造世界了。她想先创造一些美的事物，于是诞生了爱之神[1]，爱给世界带来了生命和美丽。然后，盖亚创造了天空之神乌拉诺斯、山脉之神乌瑞亚和海洋之神蓬托斯，这三位都法力无边，但最厉害的是天空之神乌拉诺斯。大地女神、万物的母亲盖亚，就这样不停地装扮和美化着世界。

现在，世界上最强大的神是天空之神乌拉诺斯。他身着蓝色斗篷，这件斗篷非常大，大到能把整个大地都裹在下面，盖得严严实实。金光闪闪的宝座被五彩祥云托举着，乌拉诺斯就端坐其上，统治着整个世界和一切神灵。

---

[1] 指原初爱神厄洛斯。——编者注

乌拉诺斯迎娶了美丽的大地女神，女神为他生下了许多孩子。这些孩子中有十二位提坦巨神，六名男神，六名女神。提坦巨神们的身材和力气都大得惊人。其中一位——大洋神俄刻阿诺斯，身体大得铺满了整个大地。他也有很多儿女，地面上所有的河流都是他的孩子。他的三千个女儿通常被称为"俄刻阿尼得斯"，她们是溪涧山泉女神。

还有一位提坦巨神叫作许珀里翁，他的妻子也是提坦巨神，名叫忒亚。他们为神族添了三个可爱的神：一个是明亮的太阳，一个是玫瑰色的黎明，还有一个是银色的月亮。

最小的提坦巨神是克罗诺斯，他呀，非常精明，又野心勃勃，我们等会儿就会讲到他的故事。

除了提坦巨神，乌拉诺斯和大地女神还有一群脾气不太好、特别容易生气的孩子，被称为"库克洛普斯"。他们的身体也很庞大,但只有一只眼睛,长在额头正中间,因此被叫作"独眼巨人"。独眼巨人们掌管着火,控制着雷和闪电。他们住在高高的山上,在山顶点燃了一堆永远都不会熄灭的火,那是一个巨大的火山口,他们常常用它来锻造武器和盔甲。独眼巨人们的力量非常大,他们在山中行走的时候,会震得闪电噼里啪啦、雷声轰轰隆隆,大地跟着晃动,连天空也摇来摇去。

不过,在乌拉诺斯所有的孩子中,最巨大、最可怕的并不是独眼巨神,而是三位百臂巨神。每一位百臂巨神都有五十个头、一百只手臂,相貌非常丑陋。他们的力气大得让人难以想象,这么说吧,他们能轻轻松松地搬起一座大山,然后抛出去,让整个世界都跟着晃动。

现在已经有很多神了,但乌拉诺斯继续统治着世界,维持着秩序。他的权力非常大,他的每个想法和愿望都是法律,所有神都服从他的命令。在他统治的时期,世界美好、幸福、和平,没有死亡,没有邪恶,也没有仇恨。

但是,美好的日子很快就结束了。

有一天,提坦巨神和百臂巨神同时冒犯了自己的父亲,乌拉诺斯大发脾气,决心狠狠地惩罚他们。大地女神见他发火,便跪在他面前,为孩子们求情。

"我的主人,世界

的主宰，求你原谅我们的孩子吧，别给神族带来灾难。"盖亚大声恳求。

但是乌拉诺斯的怒火太大了，根本没办法熄灭。

"众神的母亲呀，"他回答，"如果儿女不再尊重父亲，就应该被关到看不见天空和太阳的地方去。如果我现在不惩罚他们，他们就会对我更加无理，甚至有可能把我从众神之王的宝座上赶下来。"

他一面说着，一面劈开大地，把提坦巨神和百臂巨神都扔进了塔尔塔罗斯。那里别说是白天的阳光，就连夜晚微弱的月光都没有，只有那浓厚的、阴沉的、无边无际的黑暗。

看着自己的孩子们被关在黑暗之中，大地女神的心都碎了，那可是她的亲生骨肉呀！于是，盖亚决定劝说他们反抗乌拉诺斯。找到孩子们之后，她长叹一口气道："唉！我怎么可能眼睁睁地看着你们一辈子被关在这里？你们当中谁有胆量做下一任众神之王？你们的父亲统治得够久了，也该换人了。"

提坦巨神们一个个耷拉着脑袋，百臂巨神们也都低着头，一句话也不说。因为他们的父亲实在太强大了，尤其是发起脾气来，比平时厉害上百倍。不过，并不是所有的提坦巨神都害怕自己的父亲。瞧，他们中有一位两眼放光，心中暗暗欢喜，他便是我们前面讲到的克罗诺斯，那个最小的提坦巨神。克罗诺斯可一直梦想着成为世界的主人，现在，他的机会来了，他不会错过的。

在母亲的帮助下，克罗诺斯逃出了黑漆漆的地牢，重新回到地面。他的双眼还不太习惯光亮，眼前模模糊糊，看不清楚面前的世界。但他很快便适应了，他看到了美丽的大地，绿色的山峰连绵起伏，蓝色的大海一望无际，天空明亮而广阔，温暖的阳光洒在他的身上，轻柔地抚摸着他的全身。

他大声哭喊道："大地母亲啊，谢谢您让我再次看到这个美丽的世界，这个世界很快就是我的了。再见了！我知道什么样的使命在前方等着我！"

说完这句话，克罗诺斯就在母亲眼前消失了。他打造了一把巨大的镰刀，躲在一片云团里，飞入高空，等待着合适的机会。

机会终于到来了。一天，克罗诺斯看到乌拉诺斯正在睡觉，便蹑手蹑脚地来到他父亲身旁，像闪电一样迅速用镰刀痛击他的父亲。没有任何防备的乌拉诺斯受了重伤，成了一个废人——他既不能统治世界，也不能生育后代了。

"真是一举两得！"克罗诺斯心中暗喜，"现在我再也不用害怕他了。"但这个念头刚在脑海中闪现，他父亲的咒骂声便在耳边响起。那声音又粗又重，就像野兽的怒吼一般。刹那间，天昏地暗，电闪雷鸣，整个世界都被吓得颤抖不止。

"你这个邪恶的坏小子，竟然加害你的父亲！我要诅咒你，你的儿子也会以同样的方式对待你！"

这个诅咒太吓人了，足以使人汗毛直立。克罗诺斯听了却一点儿都不在意，他完全被胜利的喜悦冲昏了头脑，根本没时间多想。

接着，克罗诺斯把其他提坦巨神也救了出来，这让他觉得更加安全了，因为他可以依靠哥哥姐姐们建立更牢固的统治；但他没有救出百臂巨神，因为他害怕他们的力量。只有一位提坦巨神拒绝帮助克罗诺斯，因为他觉得儿子伤害亲生父亲这种事非常可怕，便不想参与克罗诺斯的计划。这位提坦巨神就是大洋神俄刻阿诺斯，他选择居住在世界的一个偏远角落，过着与世无争的生活，不想从弟弟那不合法的统治中得到什么好处。

克罗诺斯终于实现了自己的心愿，成了世界的主人。然而，由于他的政权是建立在伤害亲生父亲的罪恶之上的，因此给世界带来了诸多不幸。为了惩罚克罗诺斯，黑夜女神生育了一群可怕的神灵：死亡、欺骗、噩梦、冲突、复仇等。克罗诺斯坐在他父亲的宝座上，统治着一个充满恐惧、欺骗、仇恨、痛苦、复

仇和战争的世界。从那以后，无论是神灵还是人类，都将为克罗诺斯所犯下的罪行付出代价。

克罗诺斯自己也陷入了深深的恐惧之中。他惊恐万分地记起父亲的诅咒，害怕自己的孩子也会反抗他、伤害他，就像当初他对待自己的父亲乌拉诺斯那样。

于是，克罗诺斯做了一个可怕的决定。他命令妻子瑞亚每生一个孩子，都要给他带过去。每次瑞亚一把孩子带去，他就一口将孩子活生生地吞到肚子里。就这样，克罗诺斯吞掉了瑞亚给他生的五个孩子：赫斯提亚、德墨忒尔、赫拉、哈迪斯和波塞冬。

瑞亚又怀孕了，她万般无奈，不知道该怎样做才能保住这个孩子。于是，她跑去找她的父亲乌拉诺斯和母亲盖亚。他们告诉她，在克里特岛上有座迪克特山，山上有一个洞穴，她可以在那里生孩子，因为那个洞穴藏在森林之中，非常隐蔽。

在这个神圣的洞穴里，瑞亚生下了她的孩子，并把他交给森林里的仙女们照看。随后，瑞亚悄悄返回克罗诺斯的王宫，开始大声哭喊，假装正在忍受生产的阵痛。

克罗诺斯以为妻子真的要生了，一再提醒她："忍着点儿，我可受不了你的尖叫，孩子一生下来就马上给我送过来。"他恶狠狠地说完这些话，便离开了瑞亚的房间。

他刚刚离开，瑞亚就拿出了一块石头，用布严严实实地将其包裹起来。过了一会儿，她便把石头假作婴儿交给了丈夫。克罗诺斯一点儿也没怀疑，心满意足地吞下了石头。

这个死里逃生的孩子就是宙斯。

第二章

神王宙斯与提坦之战

那些年，克罗诺斯的统治将各种各样的邪恶带到了世界上，神族和人类的生活越来越艰难。而宙斯的出生仿佛一道亮光，为这个世界带来了希望。

克里特岛上所有的神灵都抢着帮助这个在山洞里出生的婴儿，仿佛有个声音在告诉他们：终有一天，这个孩子的双手将会为世界打开沉重的镣铐。

山林水泽的仙女们特别喜爱这位小天神，非常细心地照顾他。她们把宙斯放在金子做的摇篮里，一边轻轻摇着，一边唱着摇篮曲，哄他入睡。当他醒来时，她们就会围过来，给他唱美妙的歌曲。

唯一让人担心的是，克罗诺斯可能会听到孩子的哭声。因此，只要宙斯一哭，就有一些勇士用剑使劲敲击盾牌，弄出非常大的声响。这样，冷酷的克罗诺斯就只能听到盾牌敲击发出的声音，而听不到孩子的哭声了。

森林里的动物们也很喜爱这位小天神，它们用各种各样的方式来帮助他，蜜蜂天天给他送来新鲜的蜂蜜，以此表达对他的爱。

在所有动物中，对小天神帮助最大的是神羊阿玛尔忒亚，它把宙斯当成自己亲生的孩子一样深深地爱着他，每天给他喂奶，像母亲一样关爱他，一刻不离地

守护着他。

宙斯是多么深切地爱着阿玛尔忒亚啊！他最喜欢爬到它的背上去，同它一起玩耍。它呢，本来就既耐心又善良，陪着宙斯玩游戏，它更是一点儿都不会感到厌烦。

可是，有一次玩游戏的时候，宙斯抓住了阿玛尔忒亚的一只角，他的力气太大了，竟硬生生地把那只角给掰了下来。可怜的阿玛尔忒亚难过极了，一直盯着他，眼神里充满了责备。宙斯非常后悔，他请求阿玛尔忒亚原谅自己，并向它许诺：他掰掉的那只羊角会成为"丰饶角"，阿玛尔忒亚心里所渴望的一切礼物都可以从这只角中倒出来。宙斯的诺言成真了，每次阿玛尔忒亚只要向上翻转这只角，甘美的水果就会成堆地从里面滚出来：无花果、葡萄、苹果……就这样，所有它想吃的东西永不断绝。

还有一只老鹰也非常喜爱这个小天神，它每天从海洋的另一边带来甘甜的露水给他喝。它还经常跟他讲有关自己去过的那些遥远地方的故事，宙斯总是睁着大眼睛专心地听着。在听故事的

过程中，宙斯知道了很多事情，仙女们都对他掌握的知识量感到十分惊讶。

慢慢地，宙斯长大了。他英俊潇洒、体格强健，论知识和勇气，没有谁能比得过他。一天，老鹰跟他讲起了克罗诺斯："你是克罗诺斯的儿子，你父亲怕你的兄弟姐妹们争夺他的王位，就把他们全吞进了肚子。"

勇敢的宙斯听到这些可怕的事情，知道了父亲统治下的王国是如此邪恶。他做出了一个重大的决定：把克罗诺斯从众神之王的宝座上推下来。

宙斯马上离开了克里特岛，他必须尽快找到推翻父亲统治的方法。在一条河边，宙斯遇到了提坦巨神俄刻阿诺斯。俄刻阿诺斯一看到宙斯，就意识到他是谁，并知道他想要干什么。他对宙斯说："我会帮助你，但首先你得救出你的兄弟姐妹们，他们还被囚禁在你父亲的肚子里。"

俄刻阿诺斯找到了自己的女儿墨提斯,她是大洋女神之一,非常聪明,对大地上所有的植物都了如指掌。俄刻阿诺斯告诉女儿,他需要一剂药,好让克罗诺斯吐出他吞下去的那些孩子。很快,墨提斯就找到了合适的药草,调制出了所需的药剂。

得到药后,宙斯隐藏了自己的真实身份,来到克罗诺斯面前。他把药剂倒入一个金杯,并把这杯药当作上等美酒献给了克罗诺斯。只要克罗诺斯喝上一小口,他的目的就达到了。

宙斯成功了。克罗诺斯喝下药后腹部立刻感到剧烈的疼痛,他再也没办法将孩子们困在肚子里,不得不把他们吐了出来。最先吐出来的是他最后吞下的那块石头,然后一个接一个地,他那五个漂亮的孩子都出来了。这些年轻的神一出来,便飞快地跑去拥抱宙斯,感谢他给他们带来了自由。等到克罗诺斯明白自己中计时,已经太晚了。

当然,事情不会那么容易就了结的。

克罗诺斯看到危险逼近,便向提坦巨神求助。而宙斯意识到,只有等自己的兄弟姐妹们都长大了,他才能开始行动。

那个时刻终于到来了。宙斯的兄弟姐妹们聚在一起,齐心协力,帮助宙斯。即将参加这场惊心动魄的战争的不仅仅是他们,还有强大有力的俄刻阿诺斯和他的三个儿子,他的三个儿子分别象征着秩序、工作与和平。提坦巨神亚佩托斯的儿子普罗米修斯也加入了,他深爱着人类。除此之外,宙斯还得到了独眼巨神们的帮助,他们将可怕的武器雷霆送给了宙斯。宙斯的最后一道防线是他肩上披着的斗篷,这件斗篷是用喂养过他的神羊阿玛尔忒亚的皮做成的。这是一张神奇的羊皮,任何人穿上它都会得到最周全的保护。多亏了阿玛尔忒亚,宙斯才没有在即将到来的战争中受伤。

克罗诺斯看到宙斯所做的准备后,把所有支持他的提坦巨神都召集到了俄特律斯山上。这座山上遍地都是巨石,这些巨石不仅能保护守卫者,还能被力大无穷的提坦巨神当作武器扔向对手。

宙斯和支持他的众神则在巍峨的奥林匹斯山上安营扎寨。从此，这里就是他们的堡垒，以后他们还将在这里修建金碧辉煌的宫殿。

战争开始前，奥林匹斯众神围在祭坛前宣誓，要为一个更美好、更公正的世界而战斗。为实现这个目标，他们甘愿流尽最后一滴血、用尽最后一分力，直到赢取最终的胜利。

然后他们挥舞着长矛，呼喊着必胜的战斗口号，向提坦巨神冲去。令人胆战心惊的奥林匹斯众神与提坦巨神之间的战争，就这样拉开了帷幕。这场战争注定要持续十年之久，并且将给整个世界造成极大的破坏。

很快，黑压压的乌云遮蔽了太阳，天色渐暗，狂风呼号，如同千百万个恶魔在哀鸣。天上的乌云急速奔走，相互冲撞，仿佛它们之间也在战斗。突然，宙斯甩出恐怖的霹雳，整个大地都晃动起来，耀眼的闪电劈开了天空，霹雳如狂风暴雨般砸向提坦巨神的阵营。提坦巨神则抓起巨石，用力砸向对手。

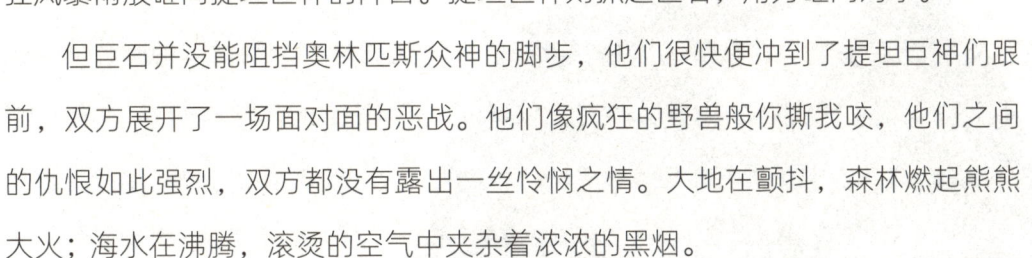

但巨石并没能阻挡奥林匹斯众神的脚步，他们很快便冲到了提坦巨神们跟前，双方展开了一场面对面的恶战。他们像疯狂的野兽般你撕我咬，他们之间的仇恨如此强烈，双方都没有露出一丝怜悯之情。大地在颤抖，森林燃起熊熊大火；海水在沸腾，滚烫的空气中夹杂着浓浓的黑烟。

混战中，宙斯成功地把百臂巨神们从地底救了出来。当年克罗诺斯因为害怕他们的神力，一直让他们待在黑暗的地牢中。现在，这些像山一样高大的巨人也加入了战斗。提坦巨神们奋力反抗，大地剧烈晃动，裂开了一个大口子，引发了一场可怕的地震，世间的一切顿时陷入了混乱：山峦轰然崩塌，倒入大海，滔天巨浪冲上陆地；烈火冲天，火焰的舌头舔着了太阳的脸。战争是如此可怕，仿佛大地都要陷入地狱，天庭也要从高空塌陷一样。

这场恶战整整打了九年，到了第十年，提坦巨神们开始落败。于是，一场令人闻风丧胆的追击战开始了，时而在天上，时而在地下，时而在大海中。提坦巨神们精疲力竭，疲于奔命，拼命想摆脱那些怒火越烧越旺的敌人。最后，他们在逃亡中发现自己又回到了希腊，他们当时就是从这里出发的，这里也将成为他们的终点。奥林匹斯众神发起了最后的猛烈进攻，像足以摧毁一切的飓风一样向提坦巨神们冲去；而提坦巨神们像被围困的野兽一般垂死挣扎，拼死抵抗。天与地混为一团，水与火交织在一起，分不清白天和黑夜。

最后，百臂巨神们又托起了三百块像山一样高的巨石，一齐向提坦巨神们砸去。世上还从来没有过这样的地震。当大地慢慢停止震动后，一种异样的寂静笼罩了世界。

战争结束了，提坦巨神战败了。

这是世界上最激烈的一场战争。虽然这是一个神话故事，但它很可能描述了一些真实发生过的可怕灾难。如果你到希腊旅游，看到碎裂的山脉和倾入海中的山峰时，请试着联想这场传说中的战争。我们现在明白，这些破坏是由地震和自然沉陷引起的；但在当时，这些破坏激发了讲故事者的灵感，创造出了这个故事。

不过，我们的故事还没有结束。

奥林匹斯众神用沉甸甸的铁链锁住了提坦巨神，把他们重新扔进了黑暗的地牢。他们用巨大的铁门关住了这个可怕的地牢，门外还有巨神在日夜把守。

无数个世纪过去了，提坦巨神们还被关在这里，渴望重新见到阳光。

胜利者回到了阳光灿烂的奥林匹斯山上，他们对这场伟大的胜利感到自豪。可众神还没来得及品尝胜利的喜悦，就发现自己还得面对另一个可怕的对手。

大地之母发怒了，因为宙斯和其他神竟如此残暴地对待她的孩子提坦巨神们。她与塔尔塔罗斯结合，生下了一条比最高的山峰还要高的巨蛇，这个令人心惊胆战的怪物就是提丰。它有一百个头，每张嘴里都长着黑色的舌头，眼睛能向外喷火。它狂野的咆哮声如同风暴般在峡谷中回响，有时像雄狮在怒吼，有时像公牛在哀号。暴风、旋风和能摧毁一切的飓风紧紧跟在它的后面。

奥林匹斯众神看到提丰朝他们逼近时，惊慌失措，纷纷逃往埃及。宙斯却挺身而出，用一把钻石作刃的镰刀毫不留情地砍向这个怪物。提丰痛得嗷嗷直叫，落荒而逃。但宙斯穷追不舍，他甩出的霹雳再一次震动了大地。

最后，宙斯和提丰打到了叙利亚。提丰无路可逃，一场恶战开始了。在拼杀中，提丰想方设法抓住了宙斯，将其缠绕在它巨大的身躯中，并且夺下了宙斯的镰刀，割下了宙斯四肢上的肌肉。曾经力大无比的天神现在一点劲儿也使不上，直直地倒向大地。提丰立刻把宙斯拖进西里西亚的一个山洞里，然后跑去寻找用来堵住洞口的巨石。可就在提丰到处找大石头的时候，宙斯机灵的儿子赫尔墨斯跑来营救自己的父亲。他偷偷拿回了宙斯的肌肉，细心而又巧妙地把肌肉缝回宙斯的四肢上。等到提丰发现时，已经太晚了。

宙斯毫不留情地朝怪物扔去一道道霹雳，提丰一边惨叫一边逃窜，拖着受伤的身体在地上爬行，想要找个安全的地方。逃到色雷斯的山区时，它身上的伤口流血不止，喷出的鲜血把那里的山峰染成了猩红色。从此之后，那片山脉就被称为"赫穆斯"，意思是"鲜血山脉"。

最后，提丰逃窜到了西西里，宙斯向它投下一百个霹雳，一下子把它所有的头都烧掉了。怪物瘫倒在地，蛇身在烈火中缩成一团。为了确保对手不得翻身，宙斯把一整座山压在了提丰身上。但是，吞没了怪物的火焰又穿透山脉，从山顶上喷出，形成了一座火山。这座火山被称为"埃特纳火山"，直至今日它仍在燃烧。

宙斯再一次取得胜利，回到了奥林匹斯山。所有的敌人都被消灭，众神可以安安心心地统治世界了。于是，众神开始划分统治区域，以便尽快恢复世间的秩序。宙斯是他们中最强大的神，主宰天空；波塞冬成为海洋的统治者；哈迪斯则继承了地下王国，死者的灵魂都被收留在他那里。

大地是德墨忒尔的领地，她掌管着大地上所有的果实；赫拉则成为天界王后、婚姻的保护神和赐予人类后代的神。大多数的神也住在奥林匹斯山上，由宙斯统管，他统治着众神和人类。

奥林匹斯山高耸入云，山顶上矗立着金光闪闪的宫殿，众神就住在这里。宫殿由坚硬的黄金建成，灿烂夺目、富丽堂皇，十分符合众神雄伟的形象。宫殿门口站着三位美丽的时序女神，她们负责驱散云朵，好让宫殿的上方永远都是蓝天。太阳散发出的金色光芒洒在宫殿上，这里从来不会下雨，也不会刮风，既不寒冷也不炎热，永远风和日丽、舒适宜人。

而在宫殿下方，云朵笼罩着大地，春、夏、秋、冬四个季节按照顺序轮流转换，有欢乐也有悲伤。众神也一样，会经历苦涩忧伤，但对他们而言，痛苦非常短暂，欢乐才是长久的。

奥林匹斯山上的生活如此美好。众神欢聚

一堂，尽情享受着他们永恒的青春。漂亮的美惠女神和缪斯女神载歌载舞，为聚会助兴。她们手牵手，欢快地唱着跳着。众神入迷地欣赏着，沉醉于女神们轻盈的舞步和美妙的歌声。她们每跳完一支舞，就会献上一首赞美诗，赞美全能的宙斯，赞美这位最伟大的神，赞美这位众神和人类的父亲。

众神的确将宙斯视为父亲，因为他是最强大的神，是他带领众神战胜了克罗诺斯和提坦巨神，战胜了邪恶和无序。

宙斯坐在高高的宝座之上，右边坐着他的妻子——美丽的天界王后赫拉，她身穿华丽的服装，光彩照人。宙斯的左侧站着憎恨战争的和平女神和长着翅膀的胜利女神，在对抗邪恶的战争中，她们一直陪伴在宙斯身边。

宙斯在天国俯视着大地，统治着万物。他击败邪恶，建立秩序。对于那些胆敢违背天条的傻瓜，宙斯会眉头一皱，毫不留情地对他们进行惩罚；但只要人类遵守法律并崇拜他，向他献祭，宙斯就会奖赏他们，赐给他们孕育生命的阳光和催发种子的雨水，让人类尽情享受劳动的果实。

为了确保法律得到遵守、秩序得到维护，众神都拥戴宙斯，听从他的命令。

忒弥斯是掌管律法的正义女神，她永远不离宙斯左右，从宙斯那里得到指令后便立即传达给人类。和平女神厄瑞涅维护正义，厌憎谎言，她只要一看到不公平的事情便报告给宙斯，宙斯就会宣布他的判决，违法者将受到最残酷的惩罚。

但是，如果违法者及时悔过，乞求原谅，宙斯也会仁慈地对他网开一面，残酷的复仇女神便不再折磨他。

宙斯也会给人类送去欢乐和忧伤。奥林匹斯宫殿的入口处放着两个巨大的陶罐，一个装满了善，另一个装满了恶。宙斯从中取出善与恶分给每一个人，那些只收到恶的人注定一生遭受不幸，而那些只收到善的人则会幸福美满地度过一生。但这样的情况很少见，几乎没听说过。收到同样多善与恶的人应该知

足，因为人的命运本来就是多灾多难的。

奥林匹斯山上住着许多神明，其中最重要的有十二位。他们中地位最高的当然是手握霹雳、能发动闪电的宙斯，他统治着天界，是众神和人类的父亲。接下来就是宙斯的妻子赫拉，她头戴金色的王冠，也统治着天界，是婚姻和女性的保护神。

其他十位分别是：蓝眼睛的雅典娜，她头戴钢盔，手握长矛，是智慧、艺术和正义战争的女神；一头金发的阿波罗，他手持竖琴，是光明和音乐之神；

威严的波塞冬，他手持三叉戟，是可令地动山摇的海洋之神；严肃的阿尔忒弥斯，她手持弓箭，是月夜、森林和狩猎女神；美丽的阿佛洛狄忒，带着她那长翅膀的儿子厄洛斯，她是爱和美丽之神；跛脚的赫菲斯托斯，他拄着拐杖，是火神和工匠之神；忧伤的德墨忒尔，她头戴用金色的谷物编织的环冠，是农业女神；飞毛腿赫尔墨斯，他脚上穿着有翅膀的鞋子，是商业之神，也是宙斯的信使；嗜血的阿瑞斯，他全副武装，是令人闻之丧胆的战争之神；还有谦逊的赫斯提亚，她是执掌家里永远燃烧的火炉的女神。

宙斯和众神一起，在奥林匹斯山上统治着全世界，维持着世界的和平和秩序。

接下来要讲的就是这十二位奥林匹斯神的事迹，他们的故事都非常精彩。前面已经讲述了宙斯的来历，但与宙斯有关的故事还有很多，他是最强大的神，因此，我们接下来要讲的故事里也会经常提到他。

第三章

家庭守护者：
天后赫拉

很久很久以前，还是在可怕的提坦巨神克罗诺斯统治世界的时候，有位女神坐在岩石上，怀里紧紧地抱着一个小女孩。这位女神名叫瑞亚，是克罗诺斯的妻子。她满面愁容，正在思考一个问题：怎样才能从丈夫手中救出自己的孩子？她的丈夫要吞掉他们所有的孩子，以防止他们长大后把自己赶下王位。现在瑞亚抱着小女儿赫拉，绞尽脑汁想要找到一个能藏孩子的地方。

夕阳西下，天边被渲染成一片红光。但瑞亚无心欣赏美景，一个念头在她的脑海里闪过。她想起在彩云尽头有片世界上最美的地方——赫斯珀里得斯的土地。那里有她的三个姐妹——日落处三仙女，而现在正是需要她们帮助的时候。

赫斯珀里得斯非常遥远，从来没有人类到过那里。最关键的是，瑞亚的丈夫克罗诺斯因为事务繁忙，没有时间去那么远的地方，所以也从来没有去过赫斯珀里得斯。

"那儿正是我要藏女儿的地方！"瑞亚禁不住喊了出来。主意打定，她以闪电般的速度飞向那遥远又光彩夺目的地方。

一路上的景色实在太令人陶醉了，越往西走，景色就越美。天空、大地和海洋都被染上了五彩缤纷的颜色。当瑞亚走下云端、踏上赫斯珀里得斯的土地时，她的三个姐妹——日落处三仙女兴奋

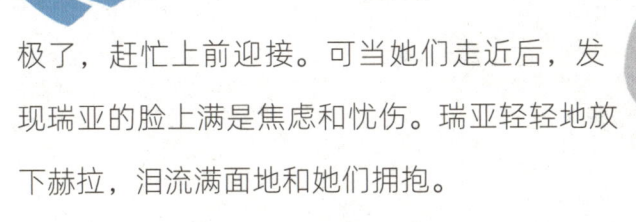

极了，赶忙上前迎接。可当她们走近后，发现瑞亚的脸上满是焦虑和忧伤。瑞亚轻轻地放下赫拉，泪流满面地和她们拥抱。

"我真是个不幸的母亲，"她哭诉道，"这么多年来，我不停地失去我的孩子。克罗诺斯把他们全部吞进了肚子里，就怕他们有一天将他赶下王位，就像当年他亲手将自己的父亲乌拉诺斯赶下王位那样。多亏了宙斯，我才又能见到他们，宙斯逼着克罗诺斯放了我的孩子们。可是，唉，我害怕我会再一次失去他们。克罗诺斯现在正处在危险中，谁知道他是不是打算再对孩子们做些什么呢？所以，好心的妹妹们，我今天把女儿赫拉带给你们。有位先知曾经预言说她将会成为女神之首，受到众神和世人的尊敬。我把她放在这个遥远的地方，克罗诺斯就伤害不了她了。"

日落处的仙女们高兴地收留了赫拉，瑞亚心里的一块石头终于落了地，随即返回了希腊。

日落处三仙女把赫拉当成亲生女儿，抚养其长大。她们耐心地陪她玩耍，教会她无数关于众神、自然和世界的事情。

转眼间，赫拉长成了亭亭玉立的少女，每当她途经树林时，鸟儿和野兽都为她的美貌所吸引，可她并没有被自己的美丽冲昏头脑。

赫拉用心钻研，认真学习，期盼着能早日成为一名真正的女神，帮助众神

和人类。她缠着日落处三仙女不停发问，努力探寻着世间万物的奥秘。温柔的仙女们常常带她四处游走，领略天地之间的美景，告诉她季节变换的成因。白天时，仙女们常带赫拉去高山上俯瞰大海，观察云朵，告诉她疾风暴雨是怎样形成的；黑夜降临时，她们则带着赫拉观察星空，教她如何分辨星座。赫拉仔细聆听着日落处三仙女的讲解并记在心间。终于，她掌握了宇宙间所有的秘密，体内生出无穷的力量。她常常满怀少女的天真，朝着天空大声喊道："啊，我多希望能成为天后啊！"

彩虹女神伊里斯非常喜欢赫拉。为了让她高兴，伊里斯经常用七彩虹霞来装点天空，赫拉却从没仔细欣赏过。美丽的赫斯珀里得斯的土地上生活着各种各样的动物，赫拉最喜欢一种尾巴如星空般灿烂的鸟，那就是后来和赫拉形影不离的孔雀。

一天，赫拉独自在海边散步。她想起日落处三仙女曾经教过她如何呼风唤雨，很想试试自己的本领，于是便轻轻地做了一个手势，怯生生地发出了一道指令。天啊！大片乌云顿时笼罩了天空，伴随着闪电阵阵、雷声隆隆，滋润万物的雨水洒向大地。赫拉高兴地意识到，自己已成为威力巨大的女神了。她露出灿烂的笑容，美丽的脸庞因此更加光彩照人。

就在这时，一只老鹰扇动着翅膀朝她飞来，鹰背上坐着一个英俊的少年，他就是宙斯——未来统治天界和大地的众神之王。

宙斯从老鹰的背上下来，向赫拉走去，问道："是你吗？美丽的女神，刚刚是您对天空下的指令吗？"

"是的，是我，"年轻的女神谦虚地回答，"是日落处三仙女教我的，我喜欢天空，我的梦想就是成为……"

"成为天后，"宙斯读懂了她的心思，替她补充道，"快爬上鹰背，跟我走吧，我带你去希腊。如果你想做天后的话，就嫁给我吧。"

赫拉一刻也没有犹豫，决定做宙斯忠诚而专一的妻子。她明白只有宙斯才能让自己自由，而且她了解宙斯的勇敢和雄心壮志。于是赫拉愉快地爬上鹰背，决定和他一同离去。

他们在云端遇到了前来告别的日落处三仙女。仙女们早就看到了刚才发生的一切，她们强忍着在眼眶中打转的泪水，祝福赫拉和宙斯幸福如意。

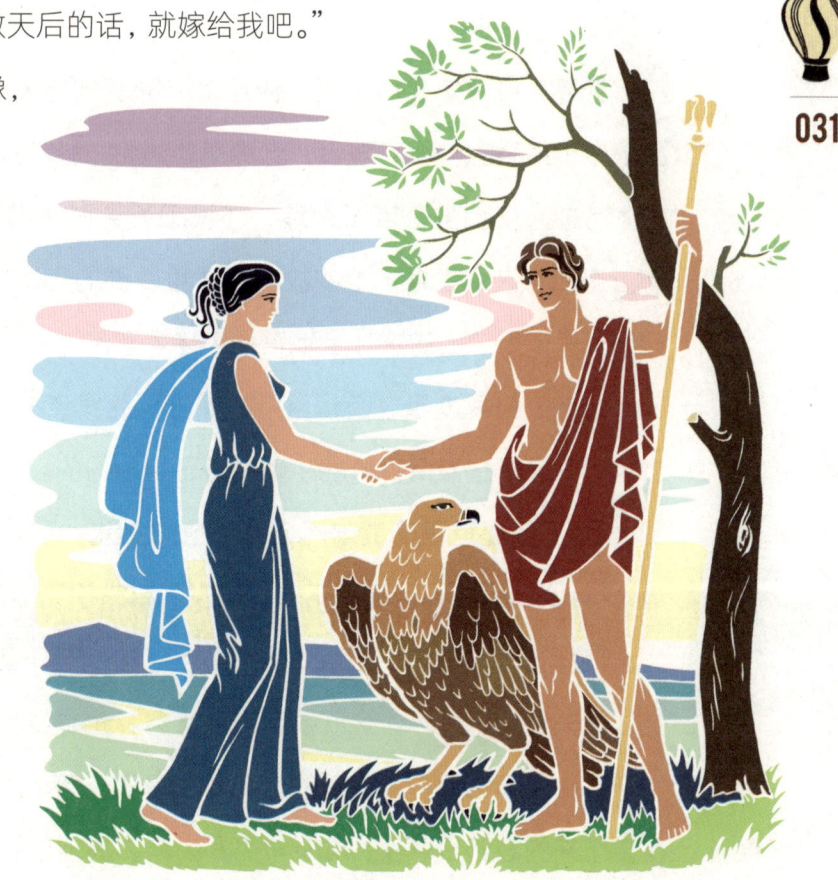

老鹰在日落处三仙女的居住地上空绕了一个大圈,让赫拉和这片养育她的土地做了最后的告别。随后,老鹰扇动翅膀,轻快又平稳地朝希腊飞去。

赫拉兴奋地坐在宙斯旁边,还没感受到时间的变化,两人就到达了希腊。赫拉俯视着这个生育了她的故乡,怀着敬畏的心情,注视着奥林匹斯山。她的父亲克罗诺斯统治的这片土地真是太迷人了。

但赫拉的耳边随之响起宙斯的警告:克罗诺斯非常残暴。宙斯向她讲述了当年克罗诺斯是如何吞掉她和她的哥哥姐姐们的。

"多亏了提坦巨神俄刻阿诺斯和他的女儿,我才能把你们救出来,"宙斯说道,"克罗诺斯的统治邪恶不公,给世界带来了无尽的灾难。"

"我们必须把克罗诺斯和其他提坦巨神们赶下王位,只有这样,秩序和正义才会来到这个世界。这既是我们的义务,也是我们的使命。"

赫拉惊讶地听着,宙斯的话是那么真实,句句入耳,她下定决心要帮助他。在接下来的艰苦日子里,宙斯与克罗诺斯、提坦巨神们展开了你死我活的斗争,

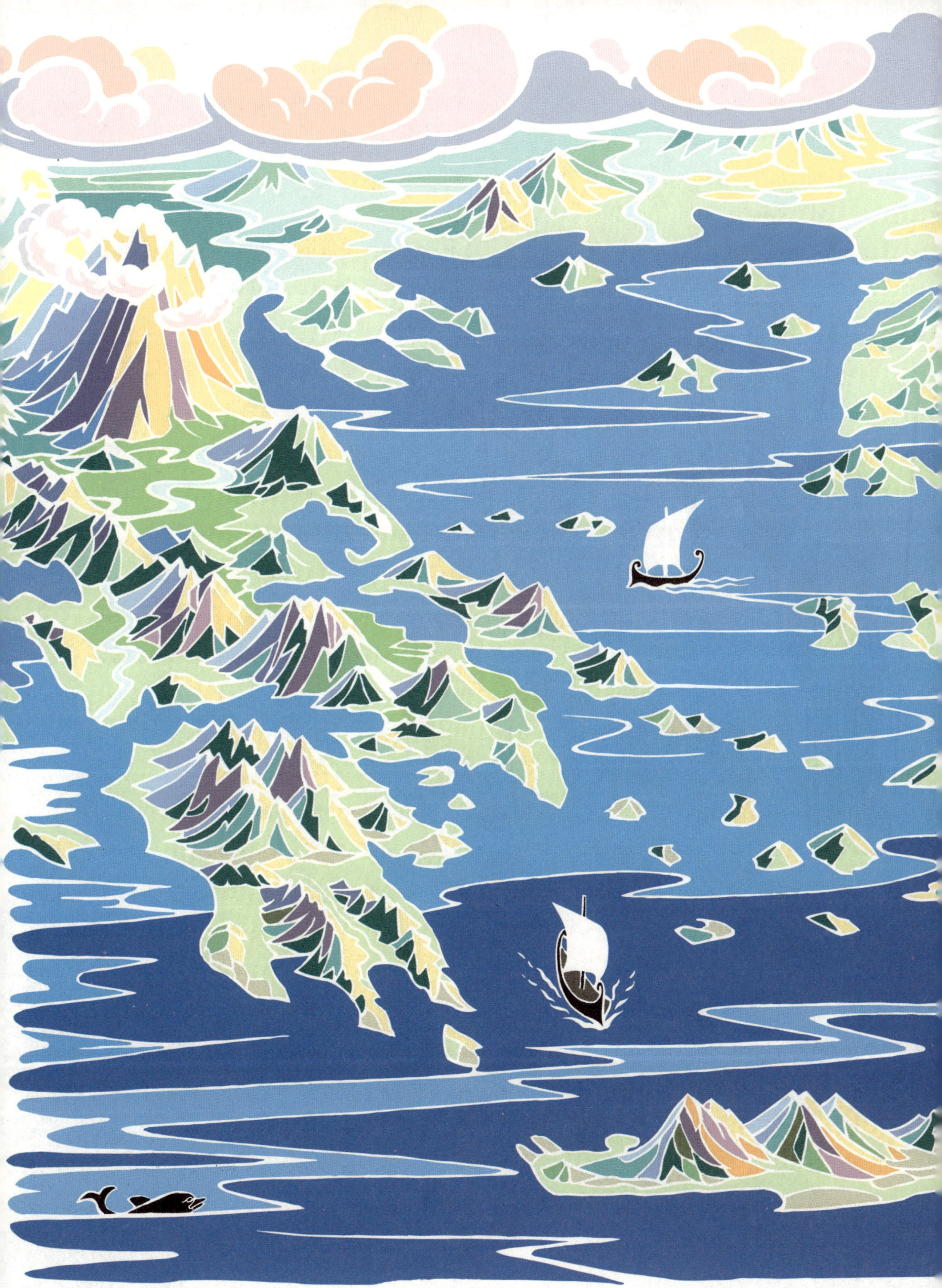

而赫拉始终拼尽全力、不计得失地和宙斯并肩作战。

胜利终于来临,宙斯成了众神和人类的统治者。赫拉心花怒放,她就要嫁给天界和奥林匹斯山的主人了。她,作为天后,将要和宙斯一起统治天界,她儿时的梦想就要成真了。

奥林匹斯山上,一场华丽得令人难以置信的盛大婚礼正在紧张筹备着。

美惠三女神给赫拉穿上用金线编织的长袍，佩戴上价值连城的耳环、项链和手镯，绚烂夺目的华冠下是她那丝绸般倾泻而下的卷发。女神伊里斯则带来一条华美的头纱，头纱由如蛛丝般纤细的七彩丝线织成，闪烁着耀眼的光芒。一番精心打扮之后，赫拉更加明艳照人，成为名副其实的奥林匹斯天后。

婚礼开始了，赫拉优雅地坐在宙斯身旁高高的黄金宝座上，众神带来各种珍奇的礼物，放在他们脚下。

忽然，一棵结着金苹果的大树在宫殿里拔地而起。众神惊讶不已，都被它的壮观和美丽惊呆了。但他们很快意识到，这是大地之母盖亚送给宙斯和赫拉的结婚礼物。

将赫拉抚养长大的日落处三仙女为婚礼送来了最美丽的春天，凉爽的微风

吹过，整座奥林匹斯宫殿中弥漫着清甜的花香。

赫拉感到无比幸福，耳边环绕着令人陶醉的仙乐。缪斯女神和美惠女神用甜美的歌喉演唱歌曲，阿波罗用他的竖琴、赫尔墨斯用他的笛子、长翅膀的小天使用他们的排箫和号角为她们伴奏。

不一会儿，奥林匹斯山下传来另一段旋律，那是遥远的林中仙女、湖中精灵和海中女神们为婚礼献上的歌曲。宙斯与赫拉不禁走出宫殿，仔细聆听；众神紧随其后，一同沉醉在这美妙的歌声中。他们脚下踏着七彩祥云，组成了一支长长的天界队伍，越过大山和大海。在这清新的春色中，整个世界一同歌颂着天后赫拉和至高无上的宙斯。

虽然众神和全世界都在祝贺这场神圣的婚礼，但有个名叫赫洛涅的仙女不愿来参加盛会。她装作走不动，慢吞吞地拖着步子前行，实际上她根本不想到达奥林匹斯山。婚礼都已经结束了，她却还在半道上。

赫拉知道这件事后非常生气，决定狠狠惩罚赫洛涅。于是，她把赫洛涅变成一种装在硬壳里的动物，让她永远都走不快。这种动物就是我们熟知的乌龟，也就是希腊人口中的"赫洛涅"。

赫拉手持金色权杖，终于和宙斯一起在奥林匹斯山上统治世界了。她坐在由两匹骏马拉的金色马车上，从奥林匹斯宫殿一路驶过天国。她和宙斯一起主宰着天空、云朵、雨水、雷电和暴风。

就像在天上一样，赫拉在人世间也能使用巨大的神力。她是女神之首，还是女性的保护神。

她会参加每一场婚礼，是忠实、尽责的妻子的榜样；她要求每位妻子都像她那样，对丈夫尽到做妻子的责任，建立幸福美满的家庭。正因为这样，她也从不原谅任何违背誓言的女人；而对于任何一个与宙斯有染的女人，她都会加倍惩罚。

赫拉一直希望通过自己的行动，为众神和人类树立称职妻子的榜样。所有人都知道，她尊重宙斯并忠诚于他。因此，人人都尊敬她。只有一个人除外，这个人总想把赫拉占为己有，他的名字叫伊克西翁。

伊克西翁是一名残暴的君主，他犯下了很多罪行，因此众神和他的臣民联合起来，把他赶出自己的国家。伊克西翁落荒而逃，却无处藏身。人们只要遇到他，就会用石头砸他，用棍棒驱赶他。哪怕是在荒无人烟的地方，只要他想坐下喘口气，就会有神灵出现并驱逐他——世界上没有一个灵魂可怜他。最后，他一路哭喊着来到宙斯的神庙，因为他知道宙斯会热情地收留他。

一进到神庙，伊克西翁就累得瘫倒在地上，可刚刚喘了一口气，他就爬起来跪在地上，双手高举

到头顶，大叫："宙斯啊，不论国王还是乞丐，天下人的保护神，请接受我吧，我谦卑地请求您的宽恕。"

的确，伟大的宙斯不会拒绝人类的忏悔和哀求，当他看到曾经风光一时的伊克西翁如此落魄潦倒，便可怜起他来。为了把他从众神和人类的愤怒中解救出来，宙斯尽力展现出自己最善良的一面。他把伊克西翁带到了奥林匹斯山上，安排他与众神同桌就餐，并且就坐在赫拉身边。伊克西翁吃着仙食，喝着琼浆玉液，与众神一样，有了不死之身。但即便如此，他还是不知足，竟想要赫拉嫁给他。不久，奥林匹斯山上的众神便都知道了他的企图。

宙斯不相信自己的好心竟得到这样的回报。他想知道伊克西翁到底有多忘恩负义，于是，他把一朵名叫奈菲拉的云变成赫拉的模样。伊克西翁把奈菲拉当成了赫拉，强行与她生了孩子。他们的结合本就荒唐，后代更是不伦不类。因此，奈菲拉生下的孩子一半是人、一半是马，又叫"人马"。

宙斯的好心被如此践踏，自然不会轻饶了伊克西翁。于是，他命令赫尔墨斯抓住伊克西翁，用蛇把他绑在轮子上，再用烈火灼烧。

自那之后，不死的伊克西翁就永远被蛇绑在轮子上，在熊熊烈火中哀号："善意是神圣的！"

这就是宙斯对伊克西翁的惩罚，因为他违背了一条神圣的法则：永远不要伤害曾经善待过你的人。

宙斯和赫拉有两个儿子：赫菲斯托斯和阿瑞斯，还有一个女儿赫柏，意思是"青春"。赫柏拥有一个乖女孩应有的所有美德：帮妈妈套好马车，给哥哥阿瑞斯洗衣服，但她最喜欢干的活儿是用金碗和圣餐杯给众神送去美味的仙食和琼浆玉液。

仙食是众神的食物，吃了它，众神就能长生不老。赫柏很喜欢这份工作，

因为这能帮助大家永葆青春，就像她的名字一样。

奥林匹斯山上的每位神灵都十分喜爱赫柏，最爱她的当然还是她的父母——宙斯与赫拉。后来，希腊的大英雄赫拉克勒斯死后成了众神之一，赫柏的父母就把她嫁给了这位大英雄。他们俩幸福长久地生活在奥林匹斯山上。

结婚以后，赫柏继续帮助父母，特别是母亲。每到凡人告祭赫拉的节日时，人们总能见到赫柏服侍在她的左右。为此她要经常去阿尔戈斯，因为那儿有以她母亲的名字命名的最辉煌的庙宇。可她最喜欢的是奥林匹亚的赫拉神庙。在那儿，女孩们要以赫拉的名字进行比赛，荣获第一名的能戴上橄榄枝做的花冠，成为全雅典最荣耀的姑娘。

第四章

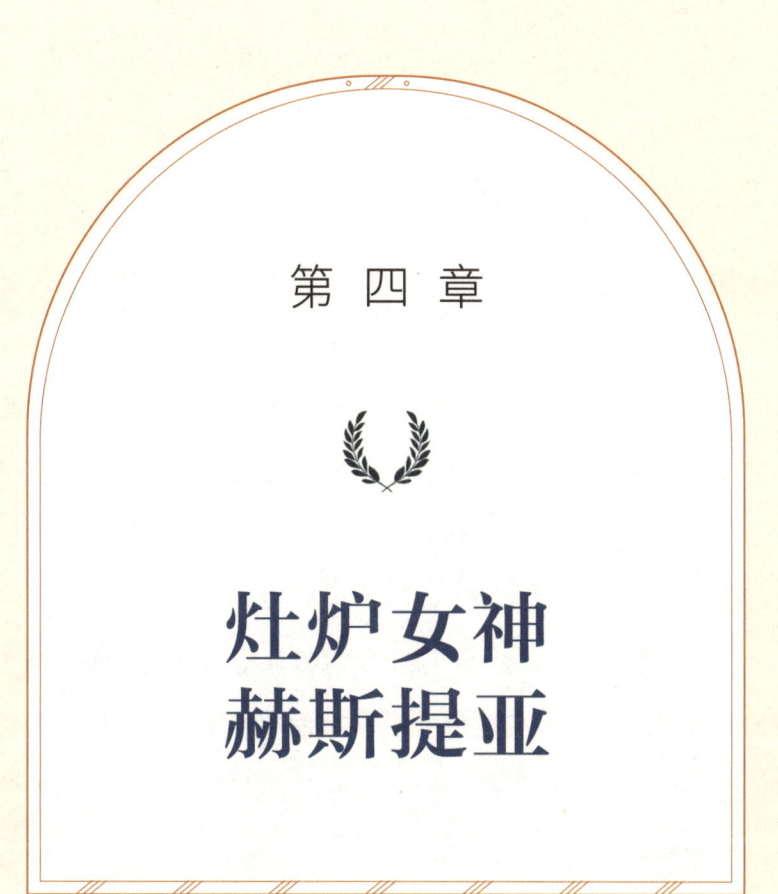

灶炉女神赫斯提亚

伟大的诗人荷马曾经说过，在所有的神灵当中，最受人类爱戴和敬仰的就是灶炉女神赫斯提亚了。

赫斯提亚是一位朴实谦逊的女神。关于她的名字，人们并没有编出什么惊天动地的神话传说，更没有什么激动人心的冒险故事或者丰功伟绩落在她的身上。然而，人们对她的崇敬和爱戴远高于其他神灵。除了她，哪一位女神敢吹嘘说自己在每一个家庭里都享有一个祭坛，并且被永不熄灭的灶火照亮？

每一天，人们坐在饭桌前，都要乞求赫斯提亚保佑他们得到充足的食物；而当人们吃完饭，也总是向她表示感恩之后才离开饭桌。甚至人们在祭拜其他神灵时，他们的赞美诗也总是以赫斯提亚的名字开头，而且每一个祭品滴下的油脂也归她所有。

你可能会感到奇怪：为什么这样一位谦逊的女神会获得如此巨大的荣誉呢？答案其实很简单：因为她是灶炉女神，是为每个家庭带来永远旺盛不息的灶火的女神。

仅此一点，就足以使她成为一位备受人们爱戴的女神吗？是的，单凭这一点就足够了。不过要了解这其中的原因，我们就必须踏上一段回到过去的旅程。现在，就让我们乘着想象的翅膀，穿过那模糊而又遥远的岁月，飞回到很久很久以前，选择一个冬日的黄昏，悄悄走进一个普通劳动者的家里去看一看。

他们的生活方式一定会让你十分惊讶，因为他们的家就是个四四方方、粗糙简陋的屋子。屋子中央有一个低矮的灶台，这个灶台在当时也是前面我们提到过的祭坛。没错，这祭坛甚至拥有女神的名字，希腊人称它为"赫斯提亚"。

在灶台上，一堆柴火烧得正旺，发出火红温暖的光亮。屋顶的中央有个洞，烟雾可以从那里飘出去。火上煮着食物，母亲在火边照看着。过了一会儿，她把锅从火上拿下来，掀开锅盖，美味的热汤散发出的浓郁香气顿时弥漫在整个屋子里。此刻，全家人围坐在灶台周围。在田地里辛苦劳作了一天之后，他们沐浴在灶火的温暖之中，感到浑身放松。在这里，孩子们享受着父亲的关爱，寻觅着祖父母的膝头；母亲则递上小麦做成的面包和冒着香气的热汤，一家人其乐融融，充满爱意。

而我们，悄悄走进这个屋子的人，也已经看到了问题的全部答案。

现在，我们完全明白了，赫斯提亚之所以受到人们的衷心爱戴，是因为人们都热爱家庭的温暖，热爱宁静平和的生活。与骄傲的神灵相比，人们更爱戴那些谦逊的神灵，因为谦逊的神灵与他们更亲近。

赫斯提亚是宙斯的姐姐，是可怖的克罗诺斯的长女。她唯一的愿望就是温暖人类的心灵，因此，她勤勤恳恳地守护着每个家庭的灶台，不让灶火熄灭。灶火不灭，才能保证家庭美满幸福；灶火一旦熄灭，巨大的不幸就会降临到这个家庭。在人类早期生活的年代，点起一团火并不是件容易的事情，所以，把一团火的熄灭比作巨大的不幸并不是夸大其词。

因此，灶火总是代代相传，永不熄灭。当孩子们长大结婚的时候，就会从父母家中取一些燃烧的炭火，去点燃自己新家的灶火。灶火由父亲传给儿子，再由儿子传给孙子，长久地保持着光和热。当灶火受到威胁的时候，人们为了保护它情愿献出生命，因为他们认为，保护灶火就是在保护他们的妻儿老小，就是在保护他们的家庭。

灶火不仅仅为家庭带去光明与温暖。在古希腊的每个城市里，都有一座公共建筑，叫"城市公共会堂"。在最大的房间中央，也有一座供奉灶炉女神赫斯提亚的祭坛。在那里，一团火焰一直在燃烧，永不熄灭。每当有人离开故乡，到遥远的地方去建设新的城市的时候，他们就会随身带上从这个祭坛上取出的火种，点燃他们即将建立的城市的新祭坛。这团火焰就像一条神圣的纽带，将新老两个城市紧紧联系在一起，它象征着游子对自己故土永不泯灭的思念。

作为一位守护家庭的女神，赫斯提亚非常喜爱孩子，并时刻保护着他们。阿德墨托斯的妻子阿尔刻提斯在死前，就把自己的孩子托付给了赫斯提亚。这个神话故事富于自我牺牲精神，还闪烁着人性的光辉，我们将在本套图书的《众神与人的故事》中为大家讲述。

第 五 章

农业女神
德墨忒尔

读者朋友们，你们还记得那场反抗提坦巨神的可怕战争吗？经过了漫长的苦战，宙斯带领奥林匹斯众神终于推翻了提坦巨神的统治，成为世界的新主人。

大战过后，获胜的众神发现，他们面临着诸多难题。其中，最要紧的事情就是将人类从饥饿的灾难中解救出来。

长达十年的恶战带来了巨大的灾难，大地上没有一片绿叶，幸存的人类饥肠辘辘，他们到处游荡，乞求众神的帮助。现在，宙斯是世界的主人，他想帮助人类，便命令女神德墨忒尔掌管世间所有的平原和森林。她的任务是让大地长出果实，让人类和动物填饱肚子。

事实证明，万能的宙斯所做的选择十分明智，因为没有谁比德墨忒尔更加热爱绿色的草原和温驯的牧群——而且她对人类的爱最为强烈。她满怀热情，全身心地投入这项艰巨的工作中。很快，荒芜的草原铺上了"绿毯"，树枝上挂满了果实。人们不再忍饥挨饿，慢慢地，他们开始生儿育女，繁衍后代。但是，对于仁慈的女神德墨忒尔来说，这些还远远不够。

在遥远的上古时代，人类还不会耕种土地。他们像动物般生活在森林之中，与凶猛的野兽搏斗，与野蛮的大自然抗争。他们要么住在山洞里，要么用树枝临时搭建简陋的藏身之所；吃的东西就更粗糙了，要么是从树上摘下的果子，要么是在打猎时偶尔捕杀到的动物。

人类不得不四处迁徙，一个地方的食物吃完了，就要去另一个地方寻找。即便如此，一无所获也是常有的事。人们外出采集食物或打猎时，还会遇到其他部落的人。这时，除了开战，他们没有别的选择，而胜利的一方将会获得这块地方的野果采集权和狩猎权，失败的一方则被迫离开。

看到人类如此受苦受难，德墨忒尔非常伤心。她必须找到更有效的方法来帮助人类。葱郁的森林和辽阔的草原虽然美丽，但不能彻底消除人类的饥饿。人类的生活方式究竟该如何改变呢？

一天，德墨忒尔坐在岩石上，若有所思地注视着绿色的原野。突然，一个念头在她的脑海中飞快闪过。

"对了，我应该这么做！"她大声喊道，"我可以教他们耕种土地！"

女神激动得跳了起来，像小孩子般兴奋地拍着巴掌，迫不及待地想把自己的想法付诸实践。她的想法越来越多，思绪就像长了翅膀一样越飞越远，她也越来越高兴。

"这将给人类的生活带来多么巨大而奇妙的变化啊！如果他们学会了耕种，就拥有了自己的土地；有了自己的土地，他们就会放弃四处游荡的生活。他们将会建造房屋和村庄，拥有自己的

住所、花园和牲畜。当他们不再忍饥挨饿、四处漂泊时，就会学习艺术和文字，建造壮丽的城市……对！他们再也不用为了争夺地盘而自相残杀了，因为每个人都拥有自己的田地和家园。这一连串的改变多么美妙！"

说干就干！德墨忒尔急忙化身成一名普通的农妇，开始实施她的计划。但这项任务并不简单，因为要让人类明白其中的道理非常困难。她一遍又一遍地播种、翻土、浇水，向人类展示耕种土地的过程，并不断地耐心解释。一些自以为是的人围拢过来，指指点点嘲笑她说："这女人简直疯了！"不过，真正聪明的人在仔细观察，他们意识到自己缺少耕种的知识，意识到自己正在学习新技能，于是他们开始全心全意地跟着女神学习。

不久，那些聪明的人便得到了丰厚的奖励。他们亲手播撒的种子如今结出了丰硕的果实！在用汗水浇灌的农田上，人们欣喜地注视着沉甸甸的谷穗。

现在，孰是孰非一目了然。渐渐地，所有人都开始耕种土地，没有人再去树林中采集树根和野果了。人们纷纷开始建造房屋、驯养牲畜，许多家庭聚集

在一起，形成了村庄。后来，他们又开始学习艺术和文字，建起了城市，并用庙宇和雕像来装扮城市。就这样，人类文明诞生了——要不是嗜血的战神阿瑞斯不停地在人们之间搬弄是非，挑唆人们相互争斗，伴随文明而来的将会是持久的和平生活。不过，阿瑞斯发现人类越来越难以被他唆使，因为新的生活方式让人们厌恶战争，他们把战争看作世界上最大的祸害。

在和平女神厄瑞涅的帮助下，德墨忒尔一刻不停地监视着阿瑞斯，想尽办法阻止他在人们之间挑起战争，因此人世间能够出现长久的和平，文明得以繁荣发展，这令德墨忒尔开心不已。不过，一旦让阿瑞斯得逞，战火就会重燃，到那时，人们花费数十年甚至数百年创造的文明成果将毁于一旦。一想到这里，德墨忒尔就感到悲痛万分。

"眼下一切安然无恙，但说不定在什么时候，这一切就会被彻底摧毁。"德墨忒尔时常会有这种悲观的想法。这一天，她满面愁容、忧心忡忡地漫步在奥林匹斯风景宜人的山丘上。突然，一个不祥的预感向她袭来。"珀尔塞福涅出

事了！"女神大叫起来。珀尔塞福涅是她唯一的孩子，她爱女儿的程度超过了爱世界上的一切事物。

德墨忒尔一下子跳起来，像是被人猛地抽了一鞭。几乎是同时，一阵狂风呼啸而过，夹杂在狂风中的是一阵撕心裂肺的哭喊声，那哭喊声刺穿了德墨忒尔的耳膜："母亲，母亲，他们要把我带走了！"这可怕的喊声充满绝望，穿过海洋，越过山岭，传到奥林匹斯山。回声一遍又一遍地传来，这声音翻山越岭，同呼啸的狂风混杂在一起，调子都变了，有时像尖叫，有时像哭泣，有时又微弱得像在低语。女神头晕目眩，心力交瘁，因为那是她唯一的女儿珀尔塞福涅的声音啊！

就算是一千道霹雳打在身上，也比不上德墨忒尔听到女儿的喊声时所感受到的痛苦。她一秒钟也不能在奥林匹斯山待了。她像受惊的鸟儿般跑去寻找她的女儿，她的双脚时而踩在干裂的土地上，时而踏在汹涌的海浪上。

"珀尔塞福涅！珀尔塞福涅！"德墨忒尔一边大声地喊叫，一边不停地跑着，四处寻找，一直来到鲜花盛开的尼萨山谷。在那里，她找到了一群水中仙子，美丽的俄刻阿尼得斯，她们是珀尔塞福涅最好的朋友。女神急忙跑过去，不过，她们的眼神告诉她，她们并没有什么好消息。

"好姑娘们，快告诉我，"她喊道，"我的女儿发生了什么事，是谁把她带走了？"

"不幸的女神啊，"她们回答道，"我们什

么也不知道。当时，她正和我们一块儿采花。看，我们的花篮还在这儿。我们没有发现她什么时候离开了我们。后来，我们就听到了一声叫喊——就这些了。"

德墨忒尔听不下去了，她的泪水像小溪般顺着脸颊淌下来。她跑开继续寻找，找了整整九个日夜，却一无所获。无论问谁，不管是普通人还是预言家，她得到的都是同样的回答：他们什么也不知道。

到了第十天晚上，当新月爬上夜空，月亮女神赫卡忒①出现在德墨忒尔的面前，她说："我看着你饱受折磨，实在于心不忍。没有人知道你女儿的事，让我带你去见太阳神赫利俄斯②吧，在众神和凡人中，只有他能看见你女儿被劫持的过程。"

很快，两位女神赶到金光闪闪的太阳神殿，来到太阳神赫利俄斯的面前。

太阳神一见到德墨忒尔就知道她为何而来。"亲爱的女神，"他说，"我对你遭遇的不幸感到非常难过。然而，发生在珀尔塞福涅身上的事情，正是她父亲宙斯的旨意啊。宙斯已经将她许配给冥王哈迪斯做新娘了。她现在身处地下的王国，永远不能再看到日光了。"

① 又称暗（黑）月女神，主司魔法、黑夜和冥世等。古希腊人认为，当天空看不见月亮时，意味着月亮进入了冥界。——编者注

② 赫利俄斯是提坦神许珀里翁与忒亚的儿子，月亮女神塞勒涅（又称满月女神）和黎明女神厄俄斯的兄弟。——编者注

听到这番话，德墨忒尔的脸色顿时变得像蜡一般惨白，泪水如决堤的洪水般流出眼眶。

太阳神赫利俄斯顿了顿，继续说道："当时，珀尔塞福涅正和她的朋友们在尼萨山谷，一边玩耍一边采花。那真是个美丽的地方，绿树成荫，百花芬芳，鸟声婉转，流水潺潺。珀尔塞福涅陶醉在这美景中，像蝴蝶似的在花丛间翩翩飞舞，丝毫没有意识到自己已经远远落在朋友们后面。然而，正当她一心欣赏美景、对周围的世界毫无防备的时候，冥王哈迪斯就藏在附近的一

个地缝里等着她。这时,珀尔塞福涅发现了一朵可爱的水仙花,娇嫩的花瓣刚刚盛开。她摘下花朵,举到面前,深吸一口气,闻着醉人的花香。珀尔塞福涅一直是一个可爱的姑娘,但是这一刻,她比任何时候都更加可爱。哈迪斯看见这一幕,便再也按捺不住自己的情感。他只是轻轻吹了一口气,大地就突然裂开,他驾着金色战车一跃而出,冲到地面上,一把将珀尔塞福涅抓到了自己身边。您那可怜的女儿只来得及哭喊了一句'母亲,母亲,他们要把我带走了'!就被哈迪斯强行拖到黑暗的地下王国了。"

听到太阳神这番话，德墨忒尔悲痛欲绝。赫利俄斯试着安慰她。"不要悲伤，"他说，"哈迪斯是一位伟大的神灵，地下王国无边无际，您的女儿会住在金色的宫殿里，无数亡灵会尊敬她、崇拜她，就像对待哈迪斯那样，他可是宙斯的兄弟。"

但是，这番话非但没让德墨忒尔感到安慰，反而令她更加痛苦了。因为她知道，她已经彻底失去了她在这个世界上的最爱——她唯一的女儿。

一切都真相大白了。而真相带来的痛苦不仅毁了德墨忒尔的生活，还毁了她创造出的美好事物。现在，大地上寸草不生，寒冷的北风肆虐，将树上的枯叶吹落，又将它们卷到空中；美丽的花朵和绿油油的草丛不见了，饱满的麦穗和香甜的瓜果也没有了——什么都没有剩下。人类和动物开始忍饥挨饿，四面八方都传来痛苦的呻吟。

所有人都乞求德墨忒尔让大地重新变绿，让树木再次结满果实，让世界重新展露笑颜。但德墨忒尔沉浸在巨大的痛苦之中，对所有的乞求都充耳不闻，对所有的悲苦都视而不见。

她恨宙斯，恨他没有考虑她作为母亲的感受，便将女儿许配给哈迪斯。从此以后，她再也不想多看奥林匹斯山一眼。她就像一个失去孩子的凡人母亲一样痛不欲生，在大地上漫无目的地游荡着，哭喊着，哀号着。

德墨忒尔四处游荡，最终来到厄琉西斯城的城门前。那里有一口井，被称为"少女之井"，至今仍然存在。她走累了，喝了一点水，便坐在一块大石头上休息，那块石头从此被人叫作"哭石"。女神呆坐在石头上，一坐就是好几个钟头。她沉浸在悲痛中，直到四个前来打水的姑娘发现了她。她们对这位不停哭泣的黑衣女人充满同情，于是问她是谁，有什么可以帮助她的。

"我叫狄奥，"德墨忒尔答道，她并不想暴露自己的真实身份，"我是克里特岛人，被海盗劫持了，但我逃了出来，之后便四处流浪。现在，我也不知道自己在哪里。看你们的样子，应该是富裕人家的女儿。我擅长许多活计，会带孩子，会照顾老人，还能教侍女干活儿。"

"我们是厄琉西斯国王刻琉斯的女儿，"看起来年龄最大的姑娘回答，"跟我们来吧，我们带你去见我们的母亲墨塔涅拉王后。我们的小弟弟德摩丰刚出生，需要一个通情达理的女人来照看。"于是，她们就把这位陌生女人带回了王宫。

德墨忒尔一走进王宫的大门，整个宫殿都散发出神圣的光辉。墨塔涅拉王后惊讶万分，立即站起身来欢迎这位客人，并让她坐在自己的王座上，因为她意识到，这位可不是普通的凡人。但德墨忒尔拒绝了，她悲伤地站着，直到王后的贴身侍女亚姆比为她搬来一张椅子。

看到德墨忒尔悲伤的神情，亚姆比开始讲笑话，想逗她笑。她扮了很

多有趣的鬼脸，摆出很多滑稽的姿势，德墨忒尔的唇边终于浮现出一丝笑意，她还接过了一杯美酒。自从失去女儿珀尔塞福涅，这还是她头一次打心底里感到一点儿快乐。

　　自此，德墨忒尔留在了刻琉斯的宫殿里，墨塔涅拉将自己刚出生的儿子德摩丰交给她来照看。为了报答国王夫妇对她的友善，德墨忒尔决定让这个小婴儿像神灵一样永远不会变老死去。

　　她先把孩子抱在怀里，朝他的肺里吹了一口仙气，然后用仙食给他擦拭身子，最后，在夜里悄悄地将他放在一只燃烧的火炉里，这样做的目的是让他的肉身永生。不巧的是，墨塔涅拉有一天晚上看见了这一切，她以为德墨忒尔疯了，想要烧死她的孩子，于是她大声尖叫，惊动了女神。

德墨忒尔把孩子从火炉中抱了出来，递给王后说："抱好你的孩子，从现在起，你自己照看他吧。我本想把他变成一个永远不会变老死去的人，永远受人尊重。要知道，我是女神德墨忒尔，我只是想要感谢你们为我做的一切。"

德墨忒尔一说出真实身份，宫殿马上又沐浴在神圣的光辉之中，女神再一次展现出她的神光。国王和王后跪倒在她面前，德墨忒尔命令国王在厄琉西斯城的卡利罗泉旁边为她建一座神庙，忧伤的女神就在那个远离奥林匹斯山的地方安了家。

不过，大地仍然一片荒芜，人类和动物都因饥饿而面临死亡。只有厄琉西斯城周围还有一小块绿洲，但这一小块绿洲恐怕也会面临消亡。

宙斯看到这一切，意识到他必须做点什么，以弥补自己造成的伤害。于是，他派赫尔墨斯将珀尔塞福涅带了回来——但在此之前，他给珀尔塞福涅吃了一些石榴种子，这样她就不会忘记自己的丈夫。宙斯规定，一年之中，珀尔塞福涅半年时间住在地上，与母亲待在一起；另外半年住在地下王国里，陪着她的丈夫哈迪斯。

从此以后，一到春天和夏天，高山和平原就会穿上绿衣，大地上鲜花盛开，整个大自然都欢欣鼓舞、生机勃勃，这是珀尔塞福涅待在她母亲身边的季节。有女儿陪在身边，德墨忒尔非常开心，在她的精心照料下，大地丰饶而可爱。珀尔塞福涅一离开，秋天就来到了，寒冷的冬天也将随之而来。天空阴沉，狂风怒吼，枯叶从树上纷纷飘落，整个世界变得萧瑟凄凉，这是因为德墨忒尔在为自己唯一的女儿远离阳光、住到黑暗的地下王国而感到悲伤。

于是，年复一年，春夏秋冬，季节就这样延续下来。每年春天一到，德墨忒尔就迎接女儿归来，开心地投身于她所热爱的工作，想方设法为人类的生活增加光彩和乐趣。

虽然德墨忒尔把耕种技术教给了人类，但并非人人都学会了耕种土地。在世界上较为偏远的地方，还有些人仍像以前一样，过着野人般的生活。

伦格斯国王统治下的斯库提亚人就是这样的。德墨忒尔决定派一位英雄前去，这个人将排除一切艰难险阻，教会那里的人们耕种，给他们带来文明。她想了又想，最适合完成这项任务的人，应该是刻琉斯国王的大儿子特里普托勒摩斯。

德墨忒尔赐给这位英雄一架带翅膀的战车，两条巨龙驾驶着战车并保护英雄的安全。不过，对于英雄来说，最有力的武器是他自己那颗勇敢的心。就这样，英雄朝着遥远的斯库提亚出发了。

在斯库提亚，这位英雄遇到了许多可怕的危险，但他都一一战胜了。最终，他教会了斯库提亚人耕种的方法，富足与和平慢慢降临到这片土地上。

然而，伦格斯国王贪得无厌。他嫉妒英雄的功劳，下定决心要杀死他，然后再宣称，是他——伦格斯国王——将耕种技术带给了自己的子民。

不过，伦格斯国王派去的刺客全都被英雄杀掉了，他该如何除掉特里普托勒摩斯呢？最终，他决定亲自动手。他可不想落得和那些刺客一样的下场，于是决定在特里普托勒摩斯睡觉的时候下手——但是别忘了，英雄睡觉的时候，有德墨忒尔送给他的两条巨龙保护着，伦格斯怎么能得手呢？

最后，伦格斯想出了一个邪恶的计划。他把英雄邀请到他的王宫里，用上等的美味佳肴盛情款待他。他虚情假意地感谢英雄为斯库提亚所做的伟大贡献，并将他领到王宫里的一间小屋里睡觉。

到了深夜，英雄睡得正香的时候，伦格斯手握锋利的匕首悄悄进入房间。"哈！计划成功！"伦格斯自言自语道。可他刚举起匕首，就发现自己的手腕被一双手牢牢地抓住了，匕首掉落在地上。吓坏了的伦格斯转过头，发现站在自己面前的正是女神德墨忒尔。

"伦格斯，你的报应到了！"女神冷哼一声，轻蔑地对他说，"你将永远变成一头猪。"话音刚落，国王就变成了一头野猪，慌慌张张地逃到森林去了。

就这样，英雄特里普托勒摩斯安全地离开了斯库提亚，继续把德墨忒尔女神的耕种技术带到世间其他落后的地方。自那以后，谁要是胆敢伤害女神保护的英雄，他必将大祸临头。

德墨忒尔肩负着神圣的使命，任何阻止她工作，或者毁坏她的劳动成果的人都受到了严厉的惩罚；

其中，塞萨利的国王厄律西克同因为乱砍树木，受到了最残酷的惩罚。

当然，这也是一个神话传说，却非常具有现实意义。神话时代的人们也很珍惜一草一木，在当时，砍伐树木是一大恶行，因为人们相信每棵树里都住着一位仙子——若树死了，树仙也将跟着死去。

因此无论是谁，在砍伐树木之前都要好好掂量一番——德墨忒尔十分喜爱并且保护着树仙，所有希腊人都知道这一点。而厄律西克同作为国王，当然比普通人更加明白神灵的意愿。他本应该保护树木，但是对奢华生活的追求蒙蔽了他的双眼。他无情地砍伐树木，只为了给自己修建一座华丽的新宫殿——他甚至打起了一棵神圣的百年老橡树的主意。

当国王带着他的随从来到这棵圣树前时，所有人都沉默了，犹豫着不敢向前。最后，其中一位长者走上前去，对国王说："陛下，难道您为修建宫殿而毁掉的树林还不够多吗？难道您以前的宫殿还不够华丽吗？听老臣一句忠告——人人都想要的东西才是美好的，奢华并不是。请您再好好想想吧，不要砍这棵树了。为了您自己，为了树里住的树仙，也看在德墨忒尔的……"

但是，厄律西克同粗暴地打断了他的话："这忠告你自己留着吧，老头儿，不要以为你年纪大了就可以乱说话。我既不怕树仙也不怕德墨忒尔，有更强大的神灵在保护我。就算是德墨忒尔本人住在这棵老橡树里，我也照样砍倒它！"说完，他从奴隶手中夺过斧头，疯狂地砍向这棵神圣的老橡树。

然而，奇迹发生了，竟然有鲜血从受伤的树干中

喷涌而出。围观的人都害怕极了，一个奴隶试图把国王拉回来，厄律西克同愤怒地转身杀死了他并喊道："狗奴才，让你用德墨忒尔来吓唬我！"说罢，他重新砍向大树，直到这棵大树轰然倒下，里面的树仙也死了。

这位树仙在这片树林里最受爱戴，她的姐妹们哭着跑到德墨忒尔那儿，把这件可怕的事情告诉了女神。

"万能的女神啊，看看那个禽兽都做了什么，"她们哭喊道，"听听他是怎么说的——'就算是德墨忒尔本人住在这棵老橡树里，我也照样砍倒它！'他还骂他的奴隶——'狗奴才，让你用德墨忒尔来吓唬我！'他把那可怜的奴隶给杀了，砍倒了树，我们失去了最好的朋友。"

女神听到这番话怒火冲天，她立刻想到了用什么方法来惩罚厄律西克同。现在，轮到厄律西克同被人同情了——如果他这种人还值得同情的话。

德墨忒尔派一位树仙去往遥远的高加索山脉，找到饥饿女神佩娜并传达她的命令：将饥饿的痛苦吹进厄律西克同的身体。

一转眼的工夫，树仙就来到了高加索山脉。在长满荆棘的山坡上有一处洞穴，她在那里找到了饥饿女神。

饥饿女神瘦得皮包骨头，头发又长又乱，脸上脏兮兮的，像是很多天都没有洗过。她穿着黑色的长袍，眼睛深深地陷进眼窝，模样十分吓人。树仙一看到她就吓得后退了几步，不过，她马上鼓足勇气，上前说明了自己的来意。

饥饿女神遵从了德墨忒尔的命令，乘着一阵旋风来到厄律西克同的宫殿。夜深人静，厄律西克同正在呼呼大睡。饥饿女神用自己的翅膀覆盖住他的身子，朝他的脸吹出一口毒气。惩罚的过程就是这么简单。然后,饥饿女神立马消失了,跟来的时候一样快。

奇怪的事情发生了。尽管厄律西克同还在睡梦中,他的下颚却一张一合,因为他梦见了食物;尽管他的嘴里什么东西都没有,他却开始咀嚼、吞咽。突然,他醒了过来,强烈的饥饿感折磨着他的五脏六腑。他立即叫醒了仆人,命令他们上天、入地、下海,把所有能吃的东西都拿到他的面前来。

他狼吞虎咽,几乎一刻不停地吃着东西,但他吃得越多,就越感到饥饿。仆人们把装满食物的盘子一个接一个地端上来,他还是大喊大叫,说太少了。食物被源源不断地送来,多得能让全国人都吃饱,却填不满厄律西克同一个人的胃口。他咀嚼、吞咽得越起劲儿,饥饿感就越强烈。

厄律西克同的胃就像个无底洞:越想把它填满,它就变得越空荡。永远无法满足的饥饿感撕扯着他的五脏六腑,让他痛苦不堪。就这样,他把所有财富都换成食物填进了肚子,却依然没有办法扑灭胃里燃烧的饥饿之火。最后,他吃光了所有财产,失去了国家和随从,卖掉了最后一个奴隶。现在,除了自己

的女儿米斯特拉之外，他一无所有了。

米斯特拉生得十分美丽，就连海神波塞冬也曾为她陷入情网。如今，她的父亲无法控制住自己的饥饿，把她也卖了。米斯特拉即将成为别人的奴隶，绝望之下，她乞求波塞冬的帮助。波塞冬仍然爱着她，便给了她可以随意变身的能力。米斯特拉马上变成一只小鸟，飞回父亲身边，可厄律西克同又把她卖了；她又变成一匹马奔回父亲身边，可他再次把她卖了；她又变成小母牛，变成小兔，就这样变来变去，直到最后她把自己变成一只小鹿时，却发现，自己面前是一条无法渡过的大河。

而这时的厄律西克同再也无法控制自己，他开始疯狂地撕咬自己的身体，最后在可怕的痛苦中死去。

这个乱砍树木的人就这样死了。德墨忒尔通过这样的惩罚方式告诫我们：谁毁坏森林，谁终将面临饥饿。

不过，大多数人类还是热爱树木和绿色原野的。他们热爱自己的土地，并且在盛大的节日中纪念德墨忒尔女神。厄琉西斯大典①便是其中一个，这也是古希腊一年中最盛大的节日之一。

每年春天，人们都会在这场欢乐的庆典上纪念德墨忒尔，欢迎她的女儿珀尔塞福涅归来；之后，便按照女神的教导，开展当年的农耕活动。

---

① 古希腊祭祀德墨忒尔和珀尔塞福涅的神秘仪式，产生于人们企图知道谷物生长秘密的动机。一般在雅典西北郊的厄琉西斯（Eleusis）举办。祭仪于公元前9世纪产生，每年举行两次。参加者进行净身、献祭、谒庙、游行、演戏（分别表演哈迪斯劫走珀尔塞福涅、德墨忒尔重新找回女儿的故事）等活动。此项仪式的内幕未能详知，后来逐渐衰落，至公元2世纪消失。——编者注

第六章

海洋之神
波塞冬

波塞冬是万能的宙斯的兄弟，是可怕的克罗诺斯的第二个儿子。他威力无穷，负责统治无边无际的海洋。他统治下的大海，有时候波涛汹涌，能让最坚固的舰船葬身海底；有时候则碧波微漾，海浪轻柔地拍打着船头。

就像海洋本身一样，这位海洋之神也性情多变。他有时候暴躁凶猛、冷酷无情；有时候却温文尔雅、友好善良。波塞冬大发脾气的时候可怕极了，他可不管海面上有没有人，就用他的三叉戟猛烈地击打海水，直到海面上翻起山一般高的巨浪，无情地冲向沙滩和礁石。那些驶出港口的船只要遇到这样的情况，很可能就此失踪，永远也回不来了。然而，当波塞冬的怒气平息之后，他就会轻轻地放下三叉戟，愤怒的波涛随之慢慢消退，海面逐渐恢复平静。这时，就会有无数只船在海面上乘风破浪，一群群海豚在船尾紧紧跟随，在蔚蓝色的海水中翻腾打闹。

希腊民族是海洋民族,所以他们最崇敬波塞冬,并且时常寻求他的保护。可波塞冬并不满足,他希望像其他神灵一样,拥有一个只供奉他的城市,同时他也会负责保护这个城市。

波塞冬看上了一座新建的城市——凯克罗皮亚。这座新城市的建造者是刻克洛普斯,他的上半身是人,下半身却是蛇的尾巴。他是大地女神的儿子,也是阿提卡的第一位国王。

波塞冬来到阿提卡,看到刻克洛普斯正在监督工人们建造新城。他向国王提出由自己担任这座新城的保护神,并以他的名字为这座城市命名,叫"波塞冬尼亚"。

"按我说的做,你的城市就能统治海洋,你的舰船就能打开通向每一片海

洋的道路，没有人敢与你们作对。"

说着，波塞冬抡起三叉戟，劈向旁边的岩石，三叉戟击中的地方突然冒出了一口井，井中满是咸咸的海水。

"这是我送给你们的礼物，"他说，"你们要想出海去远方，就先跪在这井边仔细听一听，如果听到了大海的咆哮声，就千万不要离开海港，因为这意味着你们会遇到巨大的风暴，你们的船只会被海浪吞没，葬身海底。"说完，波塞冬就消失了。

刻克洛普斯惊讶得说不出话来，可还没等他回过神来，智慧女神雅典娜又突然出现在他面前。雅典娜也要求这个新城市以她的名字来命名，叫作"雅典"。

"如果你照我说的去做，你的城市就会成为美与知识的家园。在这里，艺术、文学和科学将会繁荣发展；自由解放的精神将会在这里萌芽生长、四处传扬，照亮世界的每一个角落。"

说着，雅典娜扬起长矛，刺向旁边的岩石，矛头刺中的地方立刻长出一棵橄榄树，每一根枝条上都结满了累累果实。

"这是我送给你们的礼物，"她说，"这棵橄榄树会生出幼苗，给整个阿提卡地区穿上闪亮翠绿的衣裳。它的果实会给你们带来食物，橄榄油会为你们带来光明，而橄榄枝会为你们所有人带来和平与安宁。"

刻克洛普斯对于雅典娜的礼物非常满意，因为他很希望自己的城市能够成为世界文化之都。可是，波塞冬比雅典娜先来一步，他该如何是好呢？

这时，波塞冬又出现了。他暴跳如雷，冲上前去就要把那棵橄榄树连根拔起，但是雅典娜双手紧握长矛，大喊一声"来吧"，然后勇敢地挡住了他的去路。波塞冬也不甘示弱，挥舞着他那令人心惊胆战的三叉戟，摆出了进攻的架势。眼看这两位神灵就要开战了，宙斯突然出现在他们面前。一看到世界的统治者宙斯，这两位神灵就放下了武器，因为宙斯的话对他们来说就是法律。

宙斯十分宠爱雅典娜，很想把新城奖励给她，但他知道波塞冬脾气火爆，不敢轻易得罪。于是，宙斯决定召集众神，由大家投票选出这个新城的保护神。奥林匹斯山上的所有神灵很快就到了，刻克洛普斯国王一五一十地将事情的经过讲给他们听，最后补充道："我和所有阿提卡人都尊重你们的决定，我们会建造神庙和雕塑，并把它们奉献给你们选出来的我们城市的保护神。"

众神开始一个一个地投票，所有的女神都把票投给了雅典娜，所有的男神则都把票投给了波塞冬。本来在场的男神和女神是一样多的，但宙斯没有参与投票，结果雅典娜最终以一票的优势获胜。于是，这座城市便被命名为"雅典"。

虽然波塞冬输给了雅典娜，但是雅典人仍然像崇拜自己的守护女神雅典娜一样崇拜他。他们为波塞冬建造了一座华丽的神庙，而波塞冬也很大方地帮助他们，在他的帮助下，雅典成了一个伟大的海上强国。雅典人还保留了波塞冬送的那口井，并把它派上了大用场。直到今天，雅典的卫城还有一口井，据说这就是当年波塞冬用三叉戟劈出来的那口井。每当刮南风的时候，井的深处就会发出空洞的呼啸声，就像海洋深处传来的暴风雨的声音。

波塞冬没能成为阿提卡地区的保护神，便尝试在其他地区争夺一席之地，但是他接二连三地遭到了失败。在阿尔戈斯，他输给了赫拉；在埃吉纳岛，他输给了宙斯；在德尔斐，他输给了阿波罗；在纳克索斯岛，他又输给了狄俄尼索斯。直到在科林斯城与太阳神赫利俄斯争夺保护神地位的时候，他才终于时来运转。这一次，乌拉诺斯的儿子、百臂巨人布里阿柔斯担任法官，他依靠圆滑和智慧，将科林斯北部的要塞判给了赫利俄斯，科林斯城和伊斯墨斯地峡则判给了波塞冬。这回，波塞冬终于心满意足了。

科林斯人非常爱戴海神波塞冬。古希腊最著名的节日之一便是伊斯墨斯地峡运动会，它的名气仅次于奥林匹克运动会。在举行运动会的圣地屹立着一座气势恢宏的神庙，庙中供奉着波塞冬的雕塑，只见他挺身站立，手握三叉戟，

令人望而生畏，他心爱的新娘安菲特里忒坐在他的身旁。

下面我们来讲一讲波塞冬和他妻子的故事吧。其实，波塞冬的这位妻子是被他硬抢来的。安菲特里忒的父亲是著名的先知涅柔斯，他从来不知道撒谎，只把真理告诉给人们。涅柔斯有五十个女儿，包括阿喀琉斯的母亲忒提斯，当然还有安菲特里忒。安菲特里忒十分敬爱自己慈祥而智慧的父亲，她实在太爱父亲了，所以她希望终身不嫁，永远守在父亲身边。可是，有一天，安菲特里忒正在海岸上和姐妹们翩翩起舞，波塞冬看见了，便深深地爱上了她。安菲特里忒看见波塞冬的时候却吓坏了，她一直跑到世界的尽头，在提坦巨人阿特拉斯的身旁藏了起来。

波塞冬四处寻找美丽的安菲特里忒，但每一次都无功而返。他失望透顶，只好向大海发泄自己的痛苦。他挥动可怕的三叉戟使劲抽打、搅动碧蓝的海水，直搅得海上波涛滚滚，巨浪拍天。时间一个月接一个月地过去了，波塞冬依然无法消除心中的痛苦，大海似乎永远都不能平静下来了。

无奈之下，万能的宙斯派了一只海豚，把安菲特里忒的藏身之处透露给了波塞冬。波塞冬得到消息后立即动身，他找到了安菲特里忒并娶她为妻——就这样，汹涌的海浪开始慢慢退去，大海终于恢复了平静。

现在，安菲特里忒住在大海下面一座庄严的宝蓝色宫殿里。海面上时不时会掀起狂风暴雨，但她的豪华宫殿在深深的海底，永远都是一片宁静安详。一群半神半人的美少女听从着她的安排，为她服务，尽量满足她的所有愿望。

安菲特里忒常和她的丈夫波塞冬肩并着肩，乘着一辆由四匹神马拉的双轮战车，驰骋在一望无垠的海面上。他们所过之处，波浪都自动分开，让出一条通路，翩翩起舞的海鸥在他们四周欢叫盘旋，聪明调皮的海豚在他们身旁追逐玩耍。

经常有许多海神陪伴在这对夫妻身边。这些海神当中有安菲特里忒的姐妹们和她的父亲——海洋上伟大的先知涅柔斯，还有波塞冬与安菲特里忒的儿子特里同。特里同也是一位法力无边的海神，每当他吹响号角的时候，号角发出的巨大冲击波就会引起可怕的风暴。此外，还有白发苍苍的普罗丢斯，他从来不愿意暴露自己可以预知未来的本领，他总是把自己变成一条蛇、一头狮子、一团火、一条河，或者任何他想要变成的东西，这样就可以躲避那些向他提问的人了。还有格劳科斯，他本来只是一个普通的渔夫，后来才成为一位海神和预言家。尽管他的命运发生了如此大的变化，但他依然像从前那样谦虚、大方。

他热爱水手和渔夫们，每当他们遇到危险的时候，他都会伸出援助之手。

波塞冬有很多孩子，然而，他的大多数后代都是一些巨人和怪物，他们给人类带来无数灾难，从未办过一件好事。对此我们不用过于吃惊，别忘了波塞冬是海洋之神，而海洋本来就是个让人类吃尽苦头的地方。大海像磁铁一样深深地吸引着勇敢的人们，可又有多少勇士最终葬身大海？多少男子汉的希望和梦想被海上的风暴打击得灰飞烟灭、荡然无存，又有多少盼望亲人归来的人们心中填满了绝望？不过，大多数时间里，海洋之神波塞冬都是船只的保护神，当人们顺着风扬起风帆的时候，就会使自己的航程既迅速又安全。甚至有人说，很多英勇的航海家也是波塞冬的儿子。他们当中最著名的是拜查斯，他是拜占庭城的创建者。

波塞冬的另一个儿子安凯厄斯创建了萨摩斯城，关于他还有个传说，很值

得听一下。

　　安凯厄斯是个残暴无情的统治者，他对待奴隶非常严厉。有一次，他正在建造自己的葡萄园，为了尽早完工，他逼迫奴隶们没日没夜地拼命干活，一刻也不让他们休息。奴隶们实在受不了了，其中一个胆子比较大的奴隶鼓起勇气，用一句谚语提醒安凯厄斯："绝不宰杀拉犁的公牛。"

　　"你说这话是什么意思？"安凯厄斯吼道。

　　"主人，这句话本身是什么意思，我就是什么意思。正是因为我们拼命干活，您才能享有金钱和权势，您不该这么对待我们。请允许我再送您一句话吧：您把工期赶得再紧也没用，因为您这辈子也尝不到这个葡萄园酿出的葡萄酒的滋味。"

　　安凯厄斯愤怒得发狂，但是他什么也没说，因为他害怕极了，顾不上发怒了。

很多人都有预知未来的本领,而且有时候一个奴隶的本领比一个自由人更强大。

很快,三年过去了,葡萄藤上结满了沉甸甸的葡萄,榨出的葡萄汁在桶里发酵,用不了多久就能开桶品尝了。安凯厄斯拿起一个酒杯,把三年前顶撞过自己的那个奴隶叫到面前。

"你过来!"他得意地喊道,"给我的杯子倒满葡萄酒!"

那个奴隶一句话也没有说,按照安凯厄斯的吩咐去做了。

"给每个人的酒杯都满上,"安凯厄斯接着吩咐道,"也给你自己倒上一杯。"

等大家的酒杯都倒满之后,安凯厄斯高举酒杯,嘲笑那个奴隶:"还记得当年你对我说的那句话吗?来吧,我的朋友,为你的健康干杯!"

奴隶答道:"主人,请您不要误会,我并不是盼着您不好,不过在喝下这杯酒之前,什么事情都有可能发生。"就在这时,一个恐怖的声音传来:"野猪!一头大野猪正在把一棵棵葡萄树连根拔掉!"

安凯厄斯立刻放下酒杯,跑出去查看情况,结果那头野猪朝他猛冲过来,夺走了他的性命。

波塞冬得知自己儿子的不幸命运后火冒三丈,狂怒的大海掀起滔天巨浪,所有出海的人都在劫难逃,无数水手从此一去不复返。

很久很久以后,波塞冬的怒火才慢慢平息,大海再次变得风平浪静。

第七章

爱与美的女神阿佛洛狄忒

很久很久以前，一个春日的清晨，在遥远的塞浦路斯林间，从睡梦中醒来的仙女和树妖们都有种奇妙的感觉——这个清晨和往常不太一样：天气更加凉爽，花香更加浓郁，阳光更加明亮，大地更加青绿，天空更加碧蓝，满地的花儿更加美丽，鸟儿和野兽好像也都更加欢快了。接下来会发生什么事情呢？

很快，谜底就揭开了：原来，一位新的女神从海浪中出生并已经来到了岛上，她就是象征着爱与美的女神——乌拉诺斯的女儿——无与伦比的阿佛洛狄忒。

这是怎么回事呢？

你们还记得天空之神乌拉诺斯吗？他统治着众神和人类的时候，被他那狡猾的小儿子克罗诺斯用镰刀击伤，失去了王位。当时，乌拉诺斯身上的一块肉因刀伤掉入了库希拉岛旁边的大海里，海面因此冒出了小小的泡沫，散发着金光的泡沫随着波浪的起伏慢慢变大，而后，一位美丽可爱的少女从晶莹剔透的泡沫中缓缓升起，她就是阿佛洛狄忒——乌拉诺斯和泡沫的女儿，世间最华丽的辞藻都无法形容其容貌万分之一的至美女神。

她一出现，大海就欢快地翻滚着雪白的浪花，鱼儿也跳进泡沫里逗她开心，一群海鸟衔来了一个如马车般大的贝壳。女神端坐其上，无数只海鸥一边扇动着翅膀，一边发出愉快的叫声，拉着大贝壳向塞浦路斯飞去。

阿佛洛狄忒玫瑰般细嫩的双足一踏上小岛，整个世界都热闹起来。无论她走到哪里，绚烂多姿的花儿竞相开放，散发出阵阵芬芳。由鲜嫩的青草织成的绿毯铺在她的脚下，成群结队的鸟儿在她的头顶欢快地歌唱。

时序女神和美惠女神得到消息后便立刻赶来迎接她，为她梳洗打扮。她们帮阿佛洛狄忒穿上闪闪发光的长裙，把她那一头如瀑布般金灿灿的长发梳理得更加漂亮。她们将一顶用芳香的紫罗兰装饰的金王冠戴在阿佛洛狄忒的头顶，又给她戴上亮晶晶的耳环，把金色项链也戴到了她的脖子上，还在她那纤细的手上套上了光彩熠熠的戒指和手链。

就这样，世界上最美丽的女孩和女神，在几双巧手的打扮下，被世界上最精美的珠宝装扮得完美无瑕。

　　阿佛洛狄忒的美丽改变了世界。现在，太阳更加明亮，鸟儿的歌声更加甜美，森林里的动物们会不约而同地等着她经过，围绕着她欢快地嬉戏。阿佛洛狄忒骄傲地穿过森林、跨过湖泊，对自己散发出的魅力感到欣喜不已。可是众神还没见识过她的美貌呢！很快，时序女神和美惠女神就把这位光彩照人的可爱女神带到一朵彩云之上，将她带到了奥林匹斯山。

　　阿佛洛狄忒的绝世美貌令奥林匹斯山上的众神目瞪口呆、惊叹不已。很快，他们就意识到她的身份，快步上前拥抱她。她的美真是让人无法抗拒，每个人都想和她说说话，同她共度一段美好的时光。她优雅地回应着每一个人，像女王一样端庄大方，眼睛里闪烁着幸福的光芒。她用甜甜的话语与别人交谈，时而露出可爱的微笑，时而摆出迷人的姿态，时而又展露出令人向往的眼神。

　　阿佛洛狄忒是永恒之美的女王，是爱的女神，她在高耸入云的奥林匹斯山上，掌控着世间所有男人的心。她的儿子厄洛斯长着一对翅膀，手持弓箭，百发百中。他的金箭射入人心会让人产生爱情，而他的铅箭射入人心会让人产生厌恶。在小爱神的帮助下，阿佛洛狄忒让人们感受到喜悦和悲伤、幸福与失望。

　　众神和凡人一样，也会经历这些情感，无论是人还是神，都无法抵挡住这位"塞浦路斯女神"的威力。

　　阿佛洛狄忒保护着所有那些真正懂得爱情的

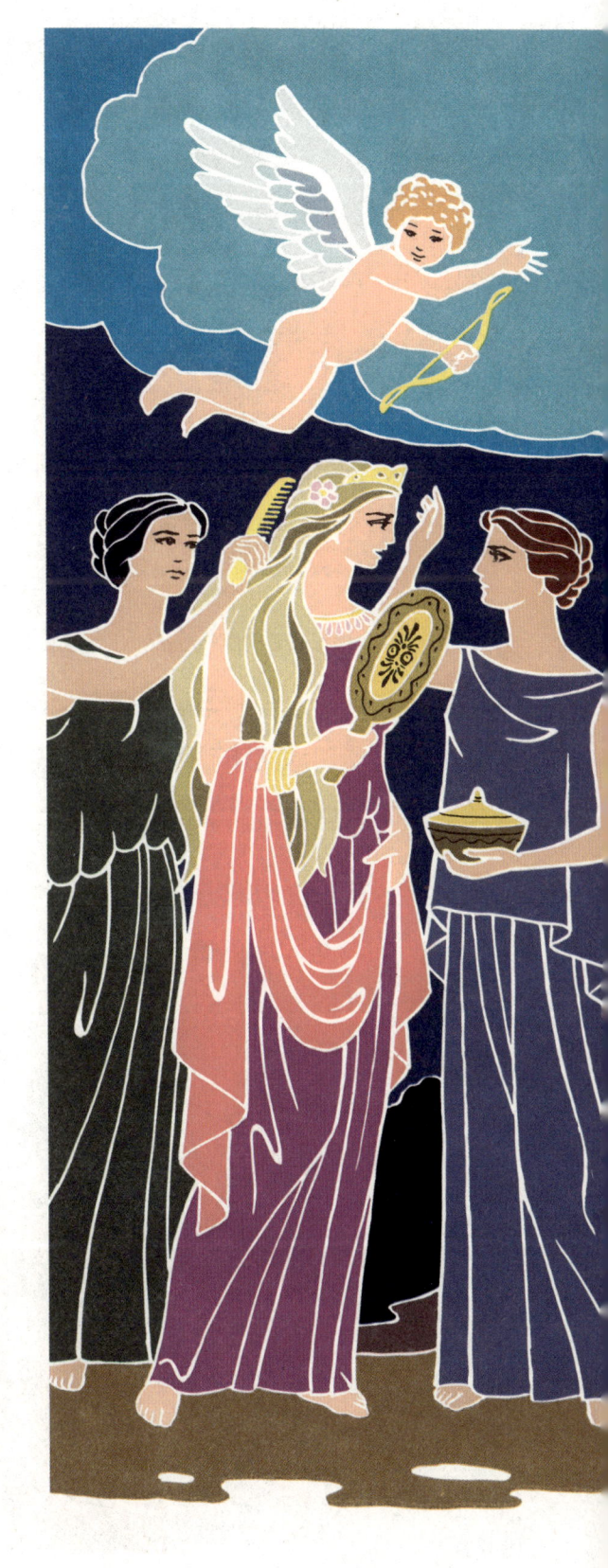

人。在所有生灵中，她最喜欢鸽子，因为鸽子从出生到死亡，一生只有一个配偶，而且它们对彼此的爱一直持续到死亡。

身为爱之女神，阿佛洛狄忒的职责之一就是守护婚姻，监督人们遵守婚姻的约定。她十分痛恨违背誓言的人，谁违背誓言，灾祸就会降临到谁身上。阿尔基达摩斯就因为违背了誓言，受到了阿佛洛狄忒的严厉惩罚。下面我们就来讲讲他的故事。

在一个宗教节日里，一位名叫厄摩哈里斯的希腊小伙子见到了阿尔基达摩斯的女儿刻提茜拉，并对她一见钟情。他拿了一个象征爱情的苹果，在上面写了几句话后抛给了刻提茜拉。

美丽的少女捡起苹果，按照当地的风俗，刻提茜拉大声地念出了苹果上写的字。原来是小伙子向爱神阿佛洛狄忒发誓，他要娶刻提茜拉为妻。

厄摩哈里斯的举动让刻提茜拉羞红了脸，她连忙把苹果扔还给他，然后匆匆地离开了聚会。可小伙子已经深深地爱上了她，于是找到了她的父亲阿尔基达摩斯，请求将刻提茜拉许配给自己。阿尔基达摩斯觉得这个小伙子对女儿既认真又执着，就同意了这桩婚事。小伙子高高兴兴地跑回家，告诉父母这个好消息，他的父母听到后也十分开心。

其实，最开心的就是刻提茜拉自己了，因为她知道厄摩哈里斯为人诚实、坦率勇敢，值得她付出自己所有的爱。

可后来，事情的进展就没有那么顺利了。不久，一个富家公子也看上了刻提茜拉并前来提亲。阿尔

基达摩斯贪图财富，没有与女儿
商量，便私自解除了女儿的婚约。

　　厄摩哈里斯听到这个消息后，赶快跑来找
他心爱的刻提茜拉，可是到处都找不到她的踪影。
他寻遍了整个城市，又跑遍了附近所有的森林，最
后在黄昏时，精疲力竭的他走进了一座神庙。你猜他
在神庙里看到了谁？刻提茜拉！原来她对父亲的残酷
决定感到无比失望，于是来到神庙寻求神灵的帮助。

　　"刻提茜拉！"厄摩哈里斯激动地呼喊爱人的名字。

　　两人紧紧拥抱，泪水模糊了他们的双眼。

　　此时，刻提茜拉发现自己也深深地爱上了厄摩哈里
斯，无法再离开他了。于是，在爱神阿佛洛狄忒的祝福
下，她发誓一生都要做他最忠实的伴侣。

　　现在刻提茜拉已经别无选择，只好偷偷地从父亲
家溜走。她向奶妈诉说了自己的苦恼，奶妈一直
把她当成亲生女儿一样疼爱，于是决定帮她逃走。一天晚上，
在奶妈的帮助下，刻提茜拉从父亲家中逃了出来，第二天就嫁给了厄摩哈里斯。

阿尔基达摩斯得知女儿离家出走后非常生气，一怒之下砸碎了身边所有的东西，大叫着要杀死他俩。他搜遍附近所有的村落，却什么也没找到。

又过了一段时间，他得到消息说女儿生了一个孩子。

这个令人愉快的消息使阿尔基达摩斯一下子就心软了，他满心欢喜，等不及要见到自己的女儿和外孙了。但他的喜悦很快就消失了，因为恶行往往会带来可怕的恶果。紧接着第二个消息传来：他的女儿死了。

因为阿尔基达摩斯曾在神圣的月桂树下发誓，要把女儿嫁给厄摩哈里斯，但他违背了自己的誓言，于是恶果降临，他受到了女儿死亡的惩罚。

阿佛洛狄忒可怜这位年轻的母亲，可怜她因为自己父亲违背誓言而付出了生命的代价，所以当人们把刻提茜拉抬到墓地准备埋葬时，一只洁白的鸽子轻轻拍打着翅膀飞出了棺木。人们把棺木打开，发现里面竟然是空的——女神阿佛洛狄忒已经把刻提茜拉变成了一只白鸽。

每天夜里，当厄摩哈里斯和孩子睡着以后，总会有一只白鸽在他们家的上空振翅盘旋，久久不肯离去。

一方面，阿佛洛狄忒会狠狠惩罚那些违背誓言的人；另一方面，她也会奖励那些遵守誓言的人，聆听他们的恳求，给他们送去幸福，就像接下来的这个故事一样。

塞浦路斯有一位相当出色的雕塑家，名叫皮格马利

翁。他一直想要娶妻生子，组建一个家庭，可怎么也找不到一个中意的女人。他不但是个非常有才华的艺术家，而且年轻富有、相貌英俊，他的名声传遍了塞浦路斯和整个希腊，有名的媒人把世界上每个地方的女子都介绍给了他。他们带来了美丽的塞浦路斯女孩、富有的雅典姑娘、迈锡尼的公主、西西里和克里特岛的活泼少女。也有人给他介绍过迦太基、埃及和巴比伦的姑娘，有的姑娘甚至来自斯库提亚这样更遥远的地方。还有人说，有些姑娘甚至来自时序女神的居住地，她们个个美丽动人、珠光宝气。可惜，没有一个人能赢得皮格马利翁的心，因为他要找的美丽来自朴实和纯真，而不是来自外表和财富。

最终，皮格马利翁彻底失望了。心灰意冷的他整天把自己关在工作间里，不停地干活。他搬来一块雪白的大理石，开始雕刻自己梦中的那个姑娘，那个他一直以来苦苦寻找的人。

皮格马利翁塑造出了一个极其可爱的美人，她面容姣好，姿态优雅，从头到脚都像是在告诉别人，她就是美的化身，她就是那个集朴实与纯真于一身的女孩。

这位伟大的雕塑家倾注了所有的情感，运用了一切技巧，好像说不定在什么时候，这个可爱的女孩就会动起来跟他说话。

皮格马利翁狂热地爱上了这尊雕像，他什么都不想做，每天只是用仰慕的眼神盯着她，不断地修改细节，让她变得更加完美。

"我就想要这样的妻子，可世界上并没有这样的女人。"他一遍又一遍地重复道。

到了祭祀女神阿佛洛狄忒的节日，皮格马利翁牵了一头小母牛献给女神。

他来到神龛前，虔诚地祈求道："啊，伟大的阿佛洛狄忒，美丽的爱神啊，您可以做到凡人做不到的事情，求您赐给我一位我渴望的姑娘吧，就像我在工作间里亲手雕刻的那个一样。"

忽然，祭坛上的火焰猛地向上一蹿，皮格马利翁知道女神已经听到了自己的恳求。

于是他激动地往家里跑去。当他一踏进家门，便被眼前的一幕惊呆了——哦，那是多么美妙的情景啊！

他发现家里一尘不染，壁炉里燃着火，锅里煮着香喷喷的饭菜。他毫不犹豫地向雕像所在的房间走去，惊喜地看到雕像竟然朝他走来并开口说话了："皮格马利翁，我是阿佛洛狄忒女神送给你的礼物，我是你的妻子。"

皮格马利翁一把搂过这个由他自己创造的女人。是的，她的身体是温暖而柔软的，她的脸庞是可爱而美丽的，她的皮肤像牛奶般雪白，于是，他给她取名为伽拉忒亚，在希腊语中是"牛奶"的意思。

皮格马利翁和伽拉忒亚得到了神的祝福，幸福地生活在一起。后来，他们生下了一个女儿，取名为"帕福斯"，塞浦路斯的帕福斯城至今还在沿用她的名字。

阿佛洛狄忒给尊敬她的人多么大的回报，就会给那些不尊重她、胆敢轻视她的权威的人多么严厉的惩罚。英俊的纳西塞斯就因此受到了女神的严厉惩罚。

纳西塞斯是一个沉迷于自己美貌的年轻人，他确信世界上没有任何人的容貌可以与他相比。阿佛洛狄忒的儿子厄洛斯手拿弓箭，百发百中，无论是神还是人，只要被他的箭射中，就会产生喜爱之情或者厌恶之情。只有一个人，厄洛斯的箭无法在他的心上留下痕迹，因而他的心不会因为爱而跳动——这个人就是纳西塞斯。他自己知道这一点，总拿这件事作为炫耀的资本，并且很看不起女神阿佛洛狄忒。他觉得自己不需要女神，原因很简单：他只爱他自己，他的眼中没有任何人、任何事。

但有一天，厄洛斯的箭还是触动了纳西塞斯的心弦。让我们从头开始说起吧。

纳西塞斯是河神塞菲索斯的儿子，他长得十分俊美，又喜欢在森林里散步，所以，每当他漫步于森林中时，林中的仙女、树妖和精灵们都会为他心动。

纳西塞斯因此十分骄傲。他从没爱上过任何人，当然了，他只想让别人都爱上他。每当有人爱上他时，他的自尊心都会得到极大的满足。因此，当他发现山林仙女厄科爱上他时，他十分残忍地对她不理不睬，心里却又十分满足。

厄科虽然长得很美，却不能开口说话，只能重复她听到的话的最后几个音。

她第一次见到纳西塞斯时，他正沿着往常的路线在森林里漫步，每走几步就会停下来，欣赏一下小池塘里自己美丽的倒影和优雅的身姿。厄科从来没见过这般傲慢而又英俊的少年，总是极其羞涩地躲在树丛后面观望他。

纳西塞斯用余光看到了她，连忙喊道："是谁？谁藏在这里？"

"……这里？"由于厄科没有语言能力，她只能惊恐地重复纳西塞斯说的最后几个字。

"你在哪儿?"他问道,然后声音柔和地说,"过来!"

"……过来!"厄科的声音再次响起。

但纳西塞斯什么也没看到。

他喊道:"出来吧,我想见你!"

"……见你!"厄科兴奋地重复着,然后,她真的出来了,眼睛里闪烁着热情的光芒,向少年跑去。

可不管是她的美貌,还是她眼中流露出的爱意,都没能打动纳西塞斯的心。他只要征服她,让她爱上自己就够了。

"滚开!"他嚷道,"你以为我会喜欢你吗?傻瓜!"

"……傻瓜!"厄科重复着这几个字,眼里含着泪水,羞愧又失望地跑开了。

看到这一切,阿佛洛狄忒身为爱之女神,再也不能让纳西塞斯逃脱了。她要想办法惩罚这个无情无义的人,让他为自己的残忍付出代价。

一次,纳西塞斯在森林里散步时,突然觉得口渴,想要喝水。找了一会儿之后,他发现了一个小小的水塘。水塘里的水像水晶般清澈透明,没有一丝波纹,周围也非常安静,岸上的所有东西都被镜子般的水面反射得清清楚楚。

纳西塞斯弯下腰去喝水,看到了水中的影子。就在此时,厄洛斯朝着纳西塞斯的心射出了一箭。

纳西塞斯并不知道水中的那个脸庞就是自己的,便狂热地爱上了那个倒影。从小到大,他还从来没见过如此英俊的面庞。厄洛斯认真地按照母亲阿佛洛狄忒的指示,让这个不懂爱情真正含义的少年不可自拔地迷恋上自己的倒影。

纳西塞斯一直盯着水塘,好像永远也看不够似的。过了一会儿,他伸手去够水中的人,发现对方也做了同样的动作;接着他弯下身去亲他,可他的嘴唇刚一碰到水面,水里的人就模糊不清了。水波停止后,水面又恢复了平静,那张英俊的脸庞再次浮现。纳西塞斯又一次低下头想要亲吻水中的人,但就在他快要亲到的时候,水里的人又不见了。就这样,纳西塞斯试了一次又一次,都没有

成功。他泄气了，陷入了绝望。他不愿离开岸边，跪在那儿不吃不喝，脑子里只想着水里的那个影子。一天天过去了，从白天到夜晚，从夜晚再到白天，纳西塞斯仍旧一动不动地跪着。渐渐地，他的身体变得虚弱，但他从没想过要放弃水里那个可望而不可即的人。

最后，纳西塞斯盯着水里的影子看时，终于意识到那是谁了。于是他绝望地喊道："天啊！水里的那个人就是我自己，我永远也碰不到他呀！"

可即便已经知道了事情的真相，他也没法使自己离开，因为那个倒影深深地吸引着他。

就这样，纳西塞斯一直待在岸边，不吃不喝，什么都不想，只想着自己的倒影。最终，他死在了岸边，苍白的脸映在平静的水面上。

这就是阿佛洛狄忒对纳西塞斯的惩罚，他命中注定只会爱上自己。

所有林间和湖边的仙女、精灵们都为这位英俊的少年流泪哭泣，厄科更是难过不已。她坐在纳西塞斯身旁不停地哭，直到夜幕降临，她哭累了才睡了过去。等她醒来时，纳西赛斯已经不见了，在他待过的地方长出了一朵芬芳的花。我们把这种花称为"纳西塞斯"，即水仙，这是一种死亡之花。

厄科悲痛欲绝，在森林中漫无目的地走来走去，最后因悲伤过度而死去。但她的声音留了下来，如果你走进森林，大声呼唤，你就能听到她的声音，她永远会用你说的最后一个词来回答你。[①]

[①] "厄科"（Echo）在英语中即"回声"的意思。——编者注

现在，轮到阿佛洛狄忒自己体会死亡的痛苦了，就像厄科失去纳西塞斯那样，她也失去了她心爱的阿多尼斯。

阿多尼斯是塞浦路斯王西尼拉斯的儿子，他的出生异于常人。那是一个春天，森林里一棵桃金娘树的树干突然炸裂，树干里出现了一个小男孩，他就是阿多尼斯。据说，这棵桃金娘树实际上是塞浦路斯的王后斯慕耳纳，她因为犯下恶行而被众神变成了一棵树。

阿多尼斯在森林里长大，由山林水泽仙女们抚养。长大之后，他成了世上最英俊的少年。的确，很多人觉得他比金发的阿波罗更加俊美。

阿多尼斯的相貌实在太超凡脱俗了，有两位女神都想得到他，于是争吵不停。这两位女神一位是阿佛洛狄忒，另一位是冥后珀尔塞福涅。

最终，阿佛洛狄忒赢了。她和阿多尼斯一同在森林中奔跑，在金色的阳光下幸福地玩耍。

很多人都明白爱情的真正意义，但在这一点上，没有任何人比爱神阿佛洛狄忒自己更懂。为了阿多尼斯，她放弃了奥林匹斯山上美轮美奂的神殿，飞奔到塞浦路斯与他做伴，无论寒冷的冬天、炎热的夏天还是狂风暴雨，都无法将她从阿多尼斯身边赶走。

阿多尼斯喜欢打猎，阿佛洛狄忒就经常陪着他一起追逐野鹿、野兔和野山羊。但她警告阿多尼斯不能打熊、野猪和狼，怕他会受伤。

可是有一天，阿多尼斯趁着阿佛洛狄忒不在，追踪了一头大野猪，女神的警告完全被他抛在了脑后。他悄悄地接近那头野猪，准备出击。

唉！就在他瞄准的时候，野猪突然朝他冲了过来，用尖利的长牙刺穿了他的身体。此时的阿佛洛狄忒有一种不祥的预感，她感到阿多尼斯可能出事了，便赶快去找他。她焦急地搜遍了整个森林，慌乱之中鞋都跑掉了，娇嫩的双脚立即被荆棘划破，伤口不停地流血。当她找到阿多尼斯时，他已经非常虚弱，只剩下最后一丝气息，不久就离开了人世。

阿佛洛狄忒悲痛欲绝，倒在了阿多尼斯的尸体上。突然到来的痛苦撕碎了爱神的心，她绝望地在丛林中走来走去，因失去了爱人而大声痛哭。她的眼泪滋润了大地，所经之处长出了银莲花；她脚上的血流到了地上，把白玫瑰染成了血红色。

阿佛洛狄忒失去阿多尼斯后十分痛苦，她的痛苦感动了奥林匹斯山上的众神。他们都非常同情她，尤其是众神之王——宙斯。于是，他叫来自己的兄弟——冥王哈迪斯，命令他允许阿多尼斯每年返回人间六个月，陪伴阿佛洛狄忒。

冥王听从了宙斯的指令，每年阿多尼斯都会返回人间。在遥远的塞浦路斯森林中，深爱着他的女神阿佛洛狄忒每次都会来迎接他，眼里流出欢喜的泪水。这时整个大自然的生物都会换上最绚丽的衣服。鸟儿也唱着歌，欢迎他归来，歌颂春天的到来。可到了阿多尼斯不得不返回冥界的时候，阿佛洛狄忒每次都会给他最令人心碎的长吻，整个世界也因此而悲伤。天空阴沉下来，乌云密布，因为阿多尼斯离开人世，也因为秋天已至，寒冬马上就要来了。

阿多尼斯还会再回来的，等他回来的时候刚好是春天，鲜花遍地，到处都是一派欢快的景象。四月份有许多欢乐的节日，人们赞美阿多尼斯和阿佛洛狄忒的爱情，也庆祝鲜花绽放的春天。而不知在哪片森林中，这对神仙眷侣正在开心地奔跑着、欢笑着、嬉戏着。

第八章

工匠之神 赫菲斯托斯

在前面的故事中我们讲到，女神赫拉嫁给了伟大的宙斯，成为掌管众神和人类的天后。现在，赫拉马上要生下她的第一个孩子了。她的喜悦之情溢于言表，她坚信，自己将要出生的儿子一定又英俊又威武，一定会成为整个奥林匹斯山的骄傲。

现实却事与愿违，她生下了赫菲斯托斯——一个又瘸又丑的婴儿。赫拉才看了一眼，就抓起他的瘸腿，然后……

赫拉接下来做的事情真让人说不出口。我们现在看来，一个母亲竟然抛弃自己的亲生儿子，这太冷酷无情了！简直让人难以相信。可是在很久以前，这样的事情似乎合情合理。这是为什么呢？

让我们翻一翻历史书吧，在古代的斯巴达（古希腊的一个城邦），如果一位母亲不幸生下了残疾的孩子，她就必须把孩子丢进山谷。这些母亲不会认为自己做了什么错事，相反，她们觉得这样做是为了国家的强盛，因为国家需要的是身体最强壮的战士。

那时候的人们生活在丛林中，他们只有像野兽那样生活、搏斗才能生存下来。出生的婴儿很多，可是能活下来的非常少，天生残疾的婴儿能活下来的就更少了。所以，抛弃跛足的婴儿在当时算不上什么邪恶的行为，而更像是顺从天意[①]。当然了，在现代文明的社会里，这样做是会受到法律制裁的。

现在让我们回到神话故事里。天后赫拉看到自己竟然生下了一个又瘸又丑的婴儿，感到十分气愤并且非常丢人，便拎起婴儿的一条腿，在头顶上抡了两圈，然后扔了出去。赫拉的力气是那样大，以至于这个可怜的婴儿越过了奥林匹斯山，飞过了陆地和海洋，整整飞了一天一夜，第二天清晨的时候才掉进海里，一头扎进了海底。如果不是因为赫菲斯托斯生来就是永生的火神与锻造之神，他肯定会被淹死的！

---

① 历史具有一定程度的局限性，在现代社会中，科学技术及生育率都大大提高，弃养新生儿是不道德且违背法律的。——编者注

海洋女神忒提斯和欧律诺默太可怜这个小家伙了，就用心地照顾他，将他放在一个宝蓝色的海中洞穴里抚养。长大后的赫菲斯托斯尽管身患残疾、外表丑陋，却拥有着勤劳又善良的美好品格，并且十分敬爱把他抚养成人的两位女神。

可能大家都会觉得，赫菲斯托斯生活在宝蓝色的海水中，又是被两位海神养大的，按理说也应该成为一位海神。可恰恰相反，他竟成了火神①。

赫菲斯托斯是这样爱上火的：一天晚上，他浮出海面，走上莱姆诺斯岛。这个岛上遍地都是火山，火焰从山顶喷薄而出，赫菲斯托斯被眼前壮观的景象迷住了。他靠近其中最大的一座火山，看着火焰冲向天空，岩浆流下山坡，越看越出神。"火的力量如此强大，竟能把岩石熔化了，说不定也能令金属熔化后形成既有用又好看的东西呢。"他在心里默默盘算。

"我要试试，"赫菲斯托斯下定决心，"熔化的岩浆给我指明了方向。即使困难重重，我也一定要成功。"于是，他满怀热情地扑到了工作上。

他这样试试，那样试试，试了不知多少方法，流了不知多少汗水，最后终于掌握了正确的锻造方法。他在莱姆诺斯岛上建了一座锻造作坊，不分昼夜地敲打着被火烧得通红的金属，忙得大汗淋漓。

就这样，瘸腿的赫菲斯托斯每天辛勤地工作着，

---

① 赫菲斯托斯也被称为火神、工匠之神、雕刻艺术之神。——编者注

废寝忘食。一开始他感觉非常劳累，可渐渐地，他适应了这样辛苦的工作。这个工作让他变得更加强壮。他的肩膀变得宽阔了，胸膛更加厚实而有力，手臂上的肌肉像钢铁一样坚硬。在奥林匹斯山上的所有神灵和巨人中，没有谁的双臂比他更有力量。可是，赫菲斯托斯的双腿依然十分虚弱，几乎撑不住他那沉甸甸的、满是肌肉的上半身。其他神灵的脚上都生着翅膀，走路像飞翔的鸟儿般轻快，他却只能拄着拐杖慢慢前行。

但赫菲斯托斯对此毫不在意，因为工作就是他生命的全部。很快，他就成了世界上手艺最好的工匠。他用自己高超的技艺，将铁、铜、金和银这些金属打造成了真正的艺术品。

一天，当赫菲斯托斯欣赏着自己用火锻造出的精美物件时，突然想起守护自己长大成人的两位女神，决定为她们做点什么，好让她们高兴高兴。于是，他找来金、银和光彩夺目的宝石，制作出了前所未有的迷人珠宝，然后献给了忒提斯和欧律诺默两位女神，以感谢她们为他所做的一切。

有一次，奥林匹斯山上举行盛大的宴会，忒提斯戴上了赫菲斯托斯送给她的一条项链。这条项链散发出比火焰还要闪耀动人的光芒，赫菲斯托斯的母亲赫拉一眼就看到了。

"多么漂亮的项链啊！"赫拉称赞道，"世间竟有手艺如此高超的艺术家！我怎么从来都没有听说过？亲爱的海之女神，你肯定不介意告诉我他的名字吧？"

忒提斯不能违抗天后赫拉的意愿，只好告诉她这位艺术家名叫赫菲斯托斯，他还送给自己许多件珠宝，自己现在戴的项链只是其中很普通的一件，还有比这更漂亮的呢。

"我想您一定认识这位赫菲斯托斯，"忒提斯最后露出一个嘲弄的微笑，"您去找他吧，他一定十分乐意为您也做几件珠宝的。"

赫拉犹豫了：到底该不该去找当年被自己扔掉的儿子呢？就在赫拉拿不定主意的时候，远在莱姆诺斯岛上的赫菲斯托斯也突然想起了自己的母亲，于是

决定给赫拉准备一个"小惊喜"。赫菲斯托斯想出一个妙计,眼睛里闪出恶作剧的光芒,他立即开工了。风箱来回抽拉,呼呼作响,把炉中的火焰吹得越来越旺。金属被烧得通红,铁锤敲击出的火花四处飞溅,发出刺眼的光芒,将赫菲斯托斯胸膛上的汗珠都照得闪闪发亮。

也不知工作了多少个昼夜,赫菲斯托斯终于制造出了一个镶满宝石的纯金宝座。这个宝座实在太美了,在昏暗的作坊中熠熠闪光。火神赫菲斯托斯上上下下打量着自己的大作,感到非常自豪,这的确是把独一无二的宝座!

宝座似乎已经造好——但是赫菲斯托斯还没有完成他的工作。他用风箱再次把火焰吹旺,然后拿起一把大钳,把它插入火中又拿了出来。火钳仿佛夹着什么重物,赫菲斯托斯将那东西甩在铁板上。可是,铁板上似乎什么都没有。接着,他抡起最重的一把铁锤,疾风暴雨般砸向铁板,仿佛要将什么东西打造

成形。事实上，那正是赫菲斯托斯要做的工作：锻造一种未知的金属，除他之外没有人能看得到。

他用这种金属，锻造出了一副只有他才看得见的牢不可破的锁链。刚一完成，他就把这锁链绕在黄金宝座上，并把它作为礼物献给了自己的母亲。

赫拉只看得见威严的黄金宝座，却一点也看不见上面的锁链，所以她一看到这份不同寻常的礼物，就笑得嘴巴都合不拢了。她迈着骄傲的步伐走上前去，坐上了那把专为天后打造的黄金宝座。

"哎呀！"还没等赫拉坐稳，那无形的锁链就合了起来，将她紧紧捆绑住了。

奥林匹斯山上响起紧急的号角，很快，众神匆忙赶来，但他们完全不明白到底发生了什么事。

"快诅咒这个宝座！"赫拉吼道。

"你要是不喜欢，就起来吧。"宙斯答道。

"把锁链解开！"赫拉尖叫着。

"什么锁链？"众神问她。

"把我绑在这宝座上的锁链啊！"

"她可真是脑子糊涂了。"宙斯说。

"难道你们看不出来我被绑在这儿了吗？"赫拉焦急且绝望地喊道。

"我们什么也没看见。"众神答道。

"瞧瞧我生了个什么儿子！"赫拉尖声叫道，"不但又瘸又丑，还对自己的母亲做出如此恶毒的事！"

"得了吧，想想你是怎么对待赫菲斯托斯的，"宙斯说，"来，我拉你起来吧。"

"你怎么拉我起来？你看不出那个坏蛋对我干了什么吗？"

宙斯试着拉赫拉的手，却撞到了什么坚硬的东西。他摸着那坚硬的东西，用手指感受着它的形状，这才意识到赫拉真的被隐形的锁链绑在了宝座上。

"这比我想的要麻烦，"宙斯说，"你们大家别光在旁边站着，都过来，看看怎么把她解救出来。"

众神绞尽脑汁，却毫无办法。战神阿瑞斯动用了他那让人看了就害怕的武器，可他除了成功地把赫拉吓得够呛，并没有产生其他效果，众神只好强行把他拉走。就这样，众神的女王、尊贵的天后赫拉被隐形的锁链牢牢地绑在了宝座上。这条锁链坚不可摧，没有人能让她获得自由。

"听我说，"宙斯说，"是赫菲斯托斯把她锁起来的，也只有他才能把赫拉放下来，他必须来这里。我想，由赫尔墨斯去请赫菲斯托斯最合适不过了。"

听到自己的能力得到宙斯的认可，赫尔墨斯感到十分自豪，他穿上带翅膀的鞋子，以闪电般的速度赶到莱姆诺斯岛。可是，赫尔墨斯这一趟并没有成功。无论他用什么花言巧语劝说赫菲斯托斯放了赫拉，或者至少跟他回趟奥林匹斯山，都没有任何回应。

赫菲斯托斯好像什么都没听到，对他不理不睬，自顾自地用重锤在铁砧上敲打。送信使者赫尔墨斯只好独自回来了。

众神见他空着手回来，都很失望。

"花言巧语是没法把赫菲斯托斯带过来的！"战神阿瑞斯怒吼着跳起来，"我

知道怎么对付他：使用蛮力行！你们在这儿等着，我要把他五花大绑押回来！"

他迅速穿上沉重的铠甲，戴好头盔，拿起武器，以迅雷不及掩耳之势赶到了赫菲斯托斯的锻造作坊。

他破门而入，发现赫菲斯托斯正在铁板旁忙碌着，浑身是汗。

"立刻到奥林匹斯山上去，把你的母亲放下来！"阿瑞斯狂叫道，"你要不自己去，我就用锁链把你绑过去！"

他的话还没说完，赫菲斯托斯突然抓起一截燃着熊熊火焰的木桩，向阿瑞斯的脑袋狠狠砸去，顿时火花四溅。战神拔腿就逃，回到奥林匹斯山，羞愧得满脸通红。

这时酒神狄俄尼索斯开口了，他不紧不慢地说道："我去吧，我会让赫菲

斯托斯像头温顺的羔羊那样乖乖过来的。"

"把酒盛满，我们走。"狄俄尼索斯吩咐手下。森林之神和女祭司们立刻行动起来，准备出发。狄俄尼索斯的老师——挺着大肚腩的西勒诺斯牵来他的毛驴，把一壶壶酒挂在驴身上。他们一行人穿过云层，很快就到了赫菲斯托斯那里。一到门口，他们便开始唱歌跳舞。

此时，火神赫菲斯托斯正像往常一样，在铁板旁挥汗如雨，辛勤工作。突然听到欢快的歌声，他便放下大锤，擦去额头的汗水，出来看看到底发生了什么。他看到狄俄尼索斯和他的随从们这么兴高采烈，自己也笑了出来。

酒神拍了拍赫菲斯托斯的后背以表示欢迎，然后把一杯清凉香甜的葡萄酒举到他的嘴边。赫菲斯托斯一口就喝了下去，拖着瘸腿加入舞蹈的人群，跟着又唱又跳。

"为我们的朋友赫菲斯托斯再来点甜酒！"狄俄尼索斯喊道，大伙儿马上

将各自的酒杯倒满,向赫菲斯托斯跑过来。

"老朋友,来,喝了我这一杯,干杯!"大伙儿都叫道。赫菲斯托斯不想让任何人感到不愉快,而且他也口渴得很,所以一杯杯酒都被他喝下了肚。这酒太好喝了,简直比众神喝的酒还要香甜!

一壶壶酒都被喝了个精光,驴子终于轻松了,可众神又把赫菲斯托斯扶到了驴背上。他喝了好多酒,喝得肚子都胀了起来,醉得站都站不直。

"随你们带我去哪儿都行,我今天不干活啦!"赫菲斯托斯说道。大伙儿边唱边跳,一路往奥林匹斯山的方向走去。

没过多久,他们就回到了奥林匹斯山。赫菲斯托斯晕乎乎地进了大殿,醉醺醺地跳着舞,直到他看见自己的母亲赫拉被绑在宝座上。那一刻,他忘记了母亲曾给他带来的伤害,甚至忘了把她绑到这宝座上的人正是他自己,立即上前解开锁链,两个人紧紧抱在一起。

过去的事情就让它过去吧！从那之后，赫菲斯托斯就留在了奥林匹斯山上。黄金宝座真的成了赫菲斯托斯献给母亲的礼物，至于珠宝首饰，那就更多了，它们被源源不断地送到赫拉的面前。

宙斯看到赫拉与儿子终于和好了，高兴地宣布让赫菲斯托斯娶世界上最美丽的女神为妻，那就是爱与美的女神阿佛洛狄忒。

天啊！阿佛洛狄忒和赫菲斯托斯实在太不般配了。赫菲斯托斯又瘸又丑，整天在火光下敲敲打打，满面灰尘，浑身都是汗水和污渍，阿佛洛狄忒一点都不爱他。阿佛洛狄忒能在人群中撒播爱情，却无法让自己爱上辛勤工作的丈夫。按理说，她应该支持丈夫，可她根本做不到这一点。对阿佛洛狄忒来说，有人欣赏她的美貌，她才会感到快乐；而对赫菲斯托斯来说，努力工作，创作出美丽的工艺品，他才会感到快乐。

这才是一位真正的神灵！他如此能干，有什么东西创作不出来呢？赫菲斯托斯与其他神灵不同，他只有在工作疲倦的时候，才会感到快乐和满足。

赫菲斯托斯在奥林匹斯山上也建了一座锻造作坊，整日在那里劳作。工坊的正中间放着一块巨大的铁板，角落里有一个大火炉，里面的炭火烧得正旺。他亲手制作的20个完美风箱可以自动吹风，在他需要的时候为火炉加足火力。

火神热爱他的作坊。看到飞蹿的火苗和被烧得通红的金属，他就快乐无比。他从来没有厌倦过铁板边的工作，铁锤敲打金属发出的声音单一无趣，可在他听来简直像音乐般美妙。

在那个作坊里，火神用他有力的大手创造出的艺术品不计其数！从精致的珠宝首饰到华丽的神灵宫殿，他的作坊不断地向众神、半神甚至凡人送去精美的礼物。

赫菲斯托斯不管做什么，都展现出无人能比的制作工艺和设计才能。阿喀琉斯的母亲忒提斯，就是那位曾照料过年幼的赫菲斯托斯的海神，她曾经请求赫菲斯托斯为她的儿子阿喀琉斯打造一身新铠甲。

赫菲斯托斯从来没有忘记过忒提斯对自己的恩情，听到忒提斯的请求后，他立即点燃炉火，投入工作，他说："我要让所有看到这副铠甲的人都羡慕阿喀琉斯。"

赫菲斯托斯首先打造出一面无与伦比、坚不可摧的盾牌，然后把所有能想象到的场面都雕刻在了上面。

荷马（古希腊盲人诗人）曾经描绘说，在盾牌上，赫菲斯托斯雕刻了天空、海洋、永不落山的太阳和圆满无缺的月亮。然后，他又在天空中刻上了星斗，有北斗七星、猎户星座、金牛星座及大熊星座。

此外，赫菲斯托斯还在盾牌上雕刻了两座富裕的城邦。在其中一座城邦里，有户人家正在举办热闹的结婚庆典。少女们举着火把在欢快地歌唱，男孩们则优雅地翩翩起舞，乐手们在他们中间演奏着舞曲，妇人们则站在自己家门口张望，眼神里满是羡慕。这里一片欢天喜地，可在城邦的另一处，两个男人正在法官面前争吵个不停，一个好像在说自己已经还了钱，另一个却说自己一分钱也没收到，两人都宣称自己有理，要求法官立即作出判决。旁边观看的人围成一圈，他们一会儿支持这一方，一会儿又倒向另一边，激动地打着手势。传令官吹响号角，让大家保持安静。法官们坐在大理石制成的座椅上，一个接一个地站起来，宣布自己的判决。他们面前放着两堆黄金，哪位法官做出的判决最公平，就能得到这些黄金。

这座城邦展现出和平的场景，而另一座城邦却在残酷的战争中呻吟。城墙下面，双方军队正在拼死搏斗，酷爱战争的战神阿瑞斯和热爱和平的女神雅典娜各自站在支持的阵营中。画面中的仇恨女神厄里斯在两军阵营中来回奔走，挑拨是非。命运女神莫厄拉也在其中，在她的安排下，有的士兵牺牲，有的伤员被抛弃，但也有一些勇士在激烈的战斗中竟然毫发无损。

赫菲斯托斯在战争场景的旁边，又刻上了安静祥和的农耕场景。

有一处景象是农夫正在耕耘一片肥沃的土地，牛儿在农夫的指挥下将黑色的土壤笔直地犁开。一位苗条的姑娘站在旁边，等着为农夫送上满满的一杯酒。农夫喝完酒后，又将犁深深插入土地，一条条犁沟界线清晰，一直延伸到远方。

在这个场景上方，是一片用栅栏圈起来的麦田，麦穗深深地垂下了头。收割的人扬起锋利的镰刀，把麦子割下，镰刀一起一落，十分有节奏感。远处有一棵橡树，妇女们在橡树下揉着面团，刚切好的牛肉也正准备下锅，为劳动的人们准备丰盛的饭菜。

再远处，有一座葡萄园，人们正在采摘紫黑色的、沉甸甸的大串葡萄。无忧无虑的少男少女们将采下的果实装入竹篮和竹筐中。一个青年坐在他们当中，弹奏着竖琴，唱着欢快的歌谣，周围的人也兴高采烈地跟着他唱了起来。

在盾牌的另一处，赫菲斯托斯刻上了两头骇人的狮子正将一头巨大的公牛拖离牛群的场景。被拖走的牛无助地叫着，牧人催着牧犬上前阻拦，但无济于事，因为牧犬不敢与凶猛的狮子打斗，它们只是凑上去叫了两声，便撤了回来。

赫菲斯托斯还雕刻了一座迷人的山谷，羊群正在草地上安详地吃草，羊群旁边是羊圈和牧羊人的茅草屋。

最后，赫菲斯托斯还刻上了一群少男少女踏着节拍、载歌载舞的场景。少女们穿着质地优良的亚麻长袍，头上戴着花环；男子们穿着光泽亮丽的短袍，腰间别着金色短剑。这群少男少女飞快地转着圈，边笑边跳，人们在他们周围羡慕地鼓掌。当一位歌手弹起竖琴、唱着歌时，两个年轻的舞者正在场地中央旋转起舞。

大诗人荷马就是这样描述阿喀琉斯盾牌上栩栩如生的图案的，而这些美妙的图案都是赫菲斯托斯亲手雕刻上去的。

赫菲斯托斯满怀热情投入工作，从来不吝惜自己的力气，也从不怕辛苦。到了休息的时候，他会先把整个锻造作坊收拾得干干净净，然后进行香薰浴。他会拿起一大块海绵，仔细擦洗自己的脖子、强健的手臂和毛茸茸的胸膛。最后，他披上金色的斗篷，挂着手杖，一瘸一拐地回到奥林匹斯山上众神所在的大殿。

赫菲斯托斯心地非常善良，他会往金杯中倒满美酒，自己却不喝，而是给其他神灵逐一送上。他的双腿十分瘦弱，几乎撑不住自己健壮的身躯，每次他一瘸一拐地给别人倒酒，大家就会轻轻一笑。不过，赫菲斯托斯并不总是亲自完成这个任务，当他实在疲倦的时候，就用他制作的"魔术小桌"为众神服务。这些"魔术小桌"只需轻轻用手一拨，就能自己启动，工作完会滑过大殿，返回原处。

赫菲斯托斯每次工作回来，如果看到众神和和睦睦，他就会感到开心；如果他回来时发现他们在争吵个不停，会感到非常难过。

"你们这些可怜的家伙！"他每次都会笑着说，"你们要是能找点事情做，也就无暇吵架了！"

有一次，他发现母亲赫拉在向宙斯发怒，他感到很难过，觉得自己必须给母亲一点严肃的建议。

"母亲，"他诚恳地说道，"您和宙斯争吵，其他神灵都要选择自己站在哪一边，难道您看不出大家多么为难吗？看到你们争吵，再美味的食物我们也尝不出滋味，再甜美的酒我们也闻不到香气。所以，亲爱的母亲，尽管您是那么睿智，我还是建议您服从宙斯的意愿，以免他一气之下将众神的餐桌掀翻。因为宙斯是众神的主宰，他无所不能，只要他愿意，他可以随意惩罚我们。亲爱的母亲，去吧，用温柔的话语平息他的怒火，给奥林匹斯山带来和平。"

说着，赫菲斯托斯将金杯倒满甜酒，献给母亲赫拉，赫拉笑着接了过来；接着，赫菲斯托斯又为众神倒上美酒，众神因为争吵而阴沉下来的脸庞，又因为赫菲斯托斯的智慧和善良，重新被笑容点亮。

随即，阿波罗弹起竖琴，欢快的乐声传遍了整个大殿；缪斯女神也起身翩翩而舞。争吵被统统抛到脑后，奥林匹斯山大殿内又是一片欢声笑语。

赫菲斯托斯虽然心地善良，可对待敌人时他不会心慈手软。

河神克珊索斯要在特洛伊城外淹死阿喀琉斯和他的战友，赫菲斯托斯听到这个消息后，马上放下工具赶往特洛伊。在那里，他把燃烧的火焰当作武器，

对河神克珊索斯发起了猛烈的进攻。

这是水与火之间的一场可怕的搏斗。正当河神掀起滔天巨浪、要将阿喀琉斯和他的战友淹没时，火神向河神射出了燃烧的箭。顿时，河的两岸燃起了冲天的火焰，芦苇、灌木和夹竹桃统统化作熊熊火焰。河水被烧得滚烫，鱼儿和河鳗在水中拼命挣扎着，要钻进河底最深的地方躲避灾难。河神再也无法忍受火神的烈焰，只得哀求火神手下留情。

"我再也不会伤害阿喀琉斯和希腊人了，只求您放我一条生路！"克珊索斯求饶道。

可是赫菲斯托斯并没有停下，相反，他把火煽得越来越旺，将火引到河上，河水遇热后嘶嘶作响，如同煮沸的开水般冒着泡。很快，河水被烤干了，克珊索斯河不再流淌，一切都结束了。

这就是赫菲斯托斯：他热爱工作，对待亲人和朋友温柔善良，对敌人却毫不留情。

人们都喜爱赫菲斯托斯，因为在所有神灵中，他似乎与人类最相似，他更

像是个人而不是神。他虽然又瘸又丑，小时候不被重视，但他拥有勤劳、善良的品质，用自己的双手和智慧创造出无数美好的事物，赢得了众神和人类的喜爱与尊重。从这方面来说，他一点都不像是个神，反而像个努力奋斗的人。

赫菲斯托斯成为一切善于思考、努力工作的人们的榜样。雅典城里有很多工坊和手工艺人，所以这位奥林匹斯山上的工匠特别受雅典人的爱戴。雅典城有一个盛大节日——赫菲斯托斯节，每五年举办一次。其中有一个项目，就是由工匠学徒们手举火炬赛跑。雅典人相信，火神赫菲斯托斯可以帮助这些年轻的学徒成长为能工巧匠。

雅典公民还修建了一座威严的庙宇来纪念赫菲斯托斯。这座神庙名叫塞西昂，是全希腊唯一经历漫长岁月仍然保存完好的神庙。似乎命运也要证实，在所有的神庙里，这座献给工匠之王的神庙建造得最为坚固。

而在莱姆诺斯岛上，赫菲斯托斯作为火神尤其受到人们的尊敬和崇拜。岛民有个习俗：他们每年都会将自己家的炉火熄灭九天，等到第九天的时候，一艘船会从神圣之岛得洛斯运来新的火种，然后再用火炬将新火种送到岛上的每个家庭和工坊。

这个传统习俗的背后有个高贵的原因：岛民熄灭自己家的炉火时，也必须消除心中的恶意，消除所有的矛盾，这都是从赫菲斯托斯那里得到的启发。新火种点燃的时候，岛民们就应该和睦相处，开始新的生活。

赫菲斯托斯是一位了不起的神，无论他的外貌多么丑陋！

第九章

智慧女神雅典娜

很久很久以前，宙斯统治着天空和大地。他法力无边，但他并不知道，一个巨大的危险正在暗暗向他逼近。一天，可以预见未来的大地女神盖亚出现在宙斯面前，对他说："宙斯，听我说，你已经犯下大错，即将遭遇厄运。你的一个儿子会推翻你，就像你的父亲被你推翻、你的祖父被你的父亲推翻一样。你错就错在娶了墨提斯①为妻，她会为你生下两个孩子。第一个孩子是雅典娜，她已经在你妻子的肚子里了。这个女孩和你一样充满智慧、威力无穷，而且她会是个孝顺可爱的好女儿，她比谁都愿意帮助你。但这之后，墨提斯会再为你生个儿子，这个男孩会成为所有神中最勇猛的神，甚至比你还要强大。可他和雅典娜不一样，他不会服从你的统治，他生性残忍、野心勃勃，会用自己的全部力量谋取私利，这时候你就大难临头了！你会被他从高耸的奥林匹斯山顶扔下去，从云中宫殿坠落到漆黑的地牢。你的儿子将坐上你神圣的宝座，而你却锁链缠身，躺在地上呻吟，永远没有重获自由的希望。"

宙斯答道："众神之母啊，我简直无法相信你预见的这些事情。如果这话不是出自你之口，我是不会相信的。我知道你所说的每一句话都千真万确，可我只能告诉你，我不会向命运低头，我要与命运搏斗！"

大地女神离开后，宙斯片刻也不敢耽误，急匆匆

---

① 第二章中被其父亲俄刻阿诺斯派来助宙斯一臂之力的三千海洋神女之一。——编者注

地找到妻子墨提斯，用甜言蜜语将她哄睡，然后把她一口吞进自己的肚子，这样一来，那个可怕的儿子就不会出生了。

宙斯避开了厄运，但由于墨提斯当时还怀着雅典娜，所以宙斯体内发生了一些奇怪的变化。不久，宙斯开始头疼得厉害。为了摆脱这种钻心的痛苦，他只好把儿子赫菲斯托斯叫来，命令他劈开自己的脑袋。

赫菲斯托斯犹犹豫豫，举起大锤向自己父亲的额头砸去……奇迹发生了！一道神圣的光芒从宙斯的脑袋中射出，接着蹦出了智慧女神雅典娜。她不是新生儿，而是个长着一双蓝眼睛的可爱少女，只见她身穿长袍，头戴亮闪闪的头盔，左肩挂着沉甸甸的盾牌，右手握着一支长矛。她天生智慧非凡，勇敢无畏，力量强大。

雅典娜长矛一挥，喊着胜利的口号，向众神打了个招呼，然后轻轻一跳，落到地面。高贵威严的女神意外降临，世间万物都为她倾倒，奥林匹斯山和大地都为之震颤，碧海也翻起滔天巨浪，就连太阳神赫利俄斯也在半空中勒住神马，静立不动，迎接女神的诞生。

众神不约而同地齐声欢呼道："宙斯的女儿，我们的新女神！"

众神的热情接待，令雅典娜十分高兴，但她发现自己的装束有些格格不入，于是她摘下头盔，解下武器。

"我希望自己永远都不需要使用这些武器。"她一边大声说着，一边把武器放到了她父亲的脚下。

宙斯看到女儿如此顺从，又听到女儿的话语如此机智，便露出欣慰的神情。他把雅典娜拉到身边，把她温柔地拥入怀中。从此以后，雅典娜就成了他最宠爱的女儿。

雅典娜的确不愿身披盔甲、手握长矛，因为她非常厌恶战争。可是当人类的进步、文明以及和平受到威胁的时候，她又会毫不犹豫地为此而战斗。因为她是战无不胜的，所以人们又将她称为"战争女神"和"胜利女神"。

然而，她片刻也没有因为胜利而忘掉对战争的憎恶。事情永远是这样：当有需要的时候，最先挺身而出投入战斗的人，总是那些最热爱和平的人！无论何时，每当一场战争结束的时候，雅典娜就会把手中的武器交还给宙斯。她从来不喜欢人们看见她为了打仗而全副武装，也从不吹嘘自己的胜利。她的确有着罕见的高贵品质。人们可能认为她宁愿成为一个普通人而不愿做一个女神。她把自己的绝大多数时间花在远离奥林匹斯山的地方，花在人类的家庭、工场和田野之中。在那里，在他们之中，她看护着他们，启发着他们，不断鼓励着那些热爱美好工作的人们。或是依靠人类，或是依靠自己，雅典娜总是在孜孜不倦地探寻着减轻劳动者负担的方法。

这位女神殚精竭虑地帮助着人类，她那敏锐的头脑一刻也不停歇。这颗头脑永远在努力工作，忙于思考。就这样，雅典娜发明了纱锭和织布机，她教会女人们纺纱、织布和制作精美灵巧的刺绣；然后，她教给男人们制作陶器的技艺，教他们如何在罐子上画上各种美丽的场面——为了使他们的工作更加容易，她发明了陶工旋盘。为了帮助盖房子的人，她发明了铅垂线，后来，又发明了房顶上的屋瓦。她为音乐家们创造出长笛和喇叭。她教给家庭主妇们烹饪的技艺，并且为她们制作出一些最早的厨具。她甚至给男人们示范怎样驯服马匹，并且亲自动手造出了人间的第一辆马车。

各种想法源源不断地从这位不知疲倦的女神的头脑中涌流出来，而她给予人类的最伟大的礼物是艺术、写作和科学，这些礼物在古希腊的发展震惊了整

个世界。这个题目是很值得进一步探讨下去的，但是要这样做的话，我们就要循着这个故事回到它真正开始的地方。

在没有战争的日子里，雅典娜更喜欢远离奥林匹斯山，在人类的家庭、工场和田野之中徜徉。在那里，她守护着人类，为人类带去灵感，给热爱工作的人们以勇气。她想方设法为人类减轻劳动负担，有时凭借她自己的智慧，有时则是受到人类的启发。

一天，雅典娜坐在小山坡上，出神地望着山谷远处，正好看到十几个妇人在田里劳作。这些妇人并排站着，正在用锄头翻土播种。尽管她们使出了浑身的力气，却收效甚微。

人们在远古时代就是这样耕地的。那个时候，人们以氏族为单位群居，氏族成员之间有血缘、亲戚关系，世代相互扶持，彼此依赖。由于氏族男性成员整日在丛林中打猎，所以氏族的领袖不是男性而是女性。女性氏族领袖被称为"女族长"，这一历史时期也因此得名"母系社会"。那是一个十分艰苦的时代，人们不仅要面临未知的危险，而且虽整日劳作，食物来源却很少。所有的东西必须仔细分配，整个氏族才能够勉强存活下去。

女神雅典娜了解这一切，她看着辛苦劳作的妇女，思考自己怎样才能帮助她们。忽然，她的目光落到两头正在悠闲地吃着鲜嫩青草的公牛身上，她眼前一亮，想到一项新的发明——犁。雅典娜高兴极了，自言自语道："从今天开始，我要教会人类用牲畜犁地。只要一个人牵引着它们，干的活儿就比所有女人加起来还要多。如果男性不必打猎，开始种庄稼、养家畜，也许人类生活就没那么辛苦了。"不过，这个发明最终会给人类带来怎样的影响呢？

最初，一切都进行得十分顺利，雅典娜很是欣慰。人类有了更多的食物，不仅能够吃饱，甚至还有富余。男人们不用再外出打猎，氏族的领导权也慢慢转移到男性手中。不过很快，事情又有了新的变化。

随着生产力的提高，一部分人不再劳作，开始享用他人的劳动果实。更糟糕的是，那些不劳作的人越来越富有，而辛苦劳作的人却连生活必需品都没有。人类社会分化出奴隶主和奴隶两个阶级。

雅典娜对这一变化感到十分震惊。哪怕她是智慧女神，她也绝料不到人类社会会变成这样。有些人因家畜拉犁过上安逸的生活，有些人却仍过着悲惨的日子。雅典娜该怎么解决这个难题呢？

忧心忡忡的雅典娜向父亲求助，宙斯宽慰她说："你瞧，就连神灵也不都是自由的。提坦巨神不是还被囚禁在塔尔塔罗斯吗？普罗米修斯不也被锁链锁在高加索的山上吗？"宙斯又问雅典娜："难道你觉得人类应该过得比神灵还惬意吗？"

可这些话并没有让智慧女神雅典娜感到安慰，她只要看到身体健康、有能力劳动的人无所事事、游手好闲，她的心情就无法平静。她绞尽脑汁，想改变这种局面，最终想到了能让人类焕然一新的三大法宝：艺术、文学和科学。

雅典娜女神辛勤工作，不知疲倦，终于教会人类雕塑、建筑和绘画，这三门艺术自此便被称为"雅典娜的艺术"。雅典娜还和自己的九位缪斯女神姐妹一起，教会人类热爱诗歌、舞蹈和音乐，并使他们的心灵敏感起来，会被美和艺术感动。接下来，奇迹发生了，优雅、和谐与对于所有美好事物的爱来到了世间。

人类生活发生了翻天覆地的变化，美战胜了丑。大大小小的城市像开满了鲜花般涌现出一座座庙宇神殿、纪念碑和雕像，这些建筑的数量之多、造型之美，让人目不暇接。即使在几千年后的今天，这些建筑的精湛工

艺依旧巧夺天工。人类终于摆脱了野蛮愚昧，变得更有人情味了。的确，没有人情味，怎么能孕育出这么伟大的艺术呢？

科学领域也是如此。雅典娜把数学、天文学和医学等科学理念毫无保留地传授给人类，她甚至还教人们如何造船。有了船，人们才能够将文明传播到世界各地。在雅典娜的帮助下，人们的生活变得越发美好和甜蜜。

神话时代人们的生活十分不易，要随时防范敌人入侵。每当遇到这种情况，智慧女神雅典娜总能想出办法。战争来临时，雅典娜会迅速穿上护甲，戴上战盔，手持盾牌与长矛，立即奔赴战场，加入战斗者的行列。装扮之后，她就变成了另一个截然不同的女神——有着钢铁般的意志，令敌人不敢直视。她的护胸甲上绘有毒蛇盘绕的图案，令人望而生畏；中间是一个可怕的蛇发魔女的头，能让所有看见它的敌人都变成石头。在战士们为保护手无寸铁的妻儿而战、为保卫家庭而战、为捍卫世界未来而战的时候，雅典娜带给他们无穷的勇气。

雅典娜最大的敌人是喜欢挑起战争的战神阿瑞斯，但比阿瑞斯更危险的敌人是厄里斯，这个女神专门播撒仇恨的种子。雅典娜并不担心阿瑞斯，因为阿瑞斯最怕在战场上遇到雅典娜，他曾在与雅典娜的对决中输得一塌糊涂。厄里斯却十分狡猾，总是在暗中行动。只要战争的防御体系中有一个小小的缺口，厄里斯就会偷偷溜进来，使出种种诡计，在防守者内部散播仇恨。一旦内部发生纷争，就算有雅典娜的全力相助，最终也会失败。战士们都明白这个道理，他们也明白智慧女神的支持实际上取决于人类是否有获得成功的意志。正如一条谚语中所说："除了雅典娜的神力，你还必须付出自己的努力。"

当人类万众一心、对抗致命威胁时，雅典娜会保护人类，迅速取得胜利，恢复和平。战争过后，当人类需要在废墟上重建城市时，雅典娜又会化身成为劳动女神。

但有时，雅典娜也希望能够独处，并不是为了休息，而是为了在织布机上工作。她织起布、绣起花来就会废寝忘食，从而忘记了烦恼和忧愁。她缝制衣服的技艺如此精巧，没有哪个女神能与她相比。她制作的衣物不仅会送给神灵，还会送给英雄们和普通人。他们的妻子十分喜爱雅典娜的手艺，都按照雅典娜教给她们的方法纺织、刺绣，可从没有哪位妇女想过要和雅典娜比拼手艺。

不过，在遥远的吕底亚王国有一位公主，她的纺织技艺和针线活超乎常人，已经接近了雅典娜女神的水平。这位公主名叫阿拉喀涅，她能将游丝般精细的纱线织成精美的布料，全世界的公主与贵妇都想得到她制作的衣服。

不幸的是，阿拉喀涅犯了和其他许多才华出众的人一样的错误——她变得骄傲自大，目中无人，经常嘲笑和贬低其他纺纱织布的人。有一次，当一群妇人来欣赏她的纺织作品时，她居然夸口道："哼，我比雅典娜还出色，我的技艺已经远胜于她！"

围观者中有一位谁都不认识的老妇人，她听到阿拉喀涅这番话，上前一步说："姑娘，请允许我给你一个忠告吧。岁月也许已经使我的腰背弯曲了，但它也教会我许多东西，所以请你留心听我说的话。你和谁比试手艺都无碍，但千万别和雅典娜女神相比！你刚刚那句话冒犯了雅典娜女神，快祈求她的饶恕吧。"

"你真是老糊涂了，老太太！"回应老妇人的却是阿拉喀涅的讥笑，"你的劝告还是留给你自己的女儿听吧，我可不想听。雅典娜自己技不如人，所以才不敢在这里露面！"

"可是阿拉喀涅，我就在这儿呢，让咱们比试比试吧！"这位老

态龙钟的妇人的话音突然发出了巨大的回响，紧接着闪过一道夺目的光芒，老妇人现出了原形，原来她就是宙斯的女儿——雅典娜女神！

在场所有人都"扑通"一声跪倒在女神面前，只有阿拉喀涅没有下跪，她依然骄傲地站着，急切地想要迎接挑战，完全没有预料到即将降临在她身上的命运。

这场人神之间的较量开始了。雅典娜坐在织布机前，双手拨弄着织梭，动作飞快而流畅，手指轻按彩色的纱管，将每根纱线调整到正确的位置，仿佛伴随着音乐翩翩起舞。

雅典娜用举世无双的手艺织出了一幅雅典卫城的壁毯，图中奥林匹斯山上所有的神聚在一起，正在决定究竟应该由谁来做城市的保护神——雅典娜还是波塞冬？在图中一个角落里，可以看到神灵正在惩罚那些犯有邪恶罪行的人。图的四周环绕着一圈橄榄叶，点缀着整幅雅典卫城像。

阿拉喀涅织的也是一幅壁毯，如果单从纺织工艺上来看，这个作品没有任何失误，称得上完美——像雅典娜女神织得一样完美。然而，图的内容显示了众神被诱惑冲昏头脑而陷入彼此争斗的场景。可以说，这幅壁毯的每一处都在侮辱奥林匹斯山的神灵。雅典娜的目光一落到上面，无法抑制的怒火便燃遍了全身。

"真可惜，有的人根本不明白，真正的艺术源于有爱之心，而不是产生于傲慢，那就给这个人一些教训吧！"雅典娜一边说着，一边抓住这张侮辱神灵的壁毯，把它撕成了碎片。

当挂毯的碎片飘落到地上的时候，阿拉喀涅也从骄傲的顶峰跌到耻辱的谷底。她感到无地自容，捡起一根绳子，把绳子的一端打了个圈套，想要上吊自杀。

但是雅典娜及时阻止了她，并对她说："给你一条生路，你就吊在这绳子上继续织下去吧！你的后代也要生生世世这样吊在绳子上织补，你们这些被骄傲冲昏头脑的人！"

说罢，雅典娜把阿拉喀涅变成了一只蜘蛛，希腊语中"蜘蛛"一词就源于这位骄傲公主的名字。自那以后，阿拉喀涅总是悬在一根线上面，永远不停地织着。不过她织的网也和她做人时织的布那样没有任何感情，所以没有人把蜘蛛网称为艺术，谁见了蜘蛛网都会将其扫到一边。

雅典娜只爱精巧的工艺和真正的手艺，从没享受过其他乐趣。她从没有谈过恋爱，也没有结过婚，所以，当被男性看到她洗澡的时候，尽管是无意冒犯，女神也觉得受到了奇耻大辱。她羞得满脸通红，立即封住那个男人的眼睛，从此那双眼睛再也没睁开过——他成了一个盲人。可当雅典娜看到他双目失明、走路跌跌撞撞的时候，她又立刻可怜起他来，想让他重见光明。

唉，要做到这一点再也不可能了。于是，为了补偿这个男人，雅典娜使他的听觉变得异常敏锐。他不仅能够听懂鸟类的语言，还能预知未来。雅典娜还给了他一根有魔力的手杖为他探路，让他能像正常人那样稳健地走路。这个盲人的名字叫泰瑞西阿斯，是希腊神话中最伟大的预言家。

这个神话告诉我们，一贯严厉的女神雅典娜，也有宽厚仁慈的时候。这样的例子有很多，比如，无论在什么地方，当法官意见不同且两方人数相同、法庭无法判定被告有罪还是无罪的时候，雅典娜就会投下关键一票，而且她总是为被告投无罪票。据说，雅典娜之所以这样做，是因为她是雅典最高法庭的创立者。

雅典娜品德高尚，为人类做出了许多贡献，成为整个古希腊最受尊崇的神灵。古希腊的每个城市都供奉着护城神雅典娜，人们用心守护着雅典娜的雕像——他们相信，一旦女神雕像丢失或被盗，整个城市就会毁灭。

雅典娜最喜爱的城市，正是以她自己的名字命名的城市——雅典。雅典娜不知疲倦地为这座城市工作，帮助人们建造了雅典卫城，还在卫城的山顶上建起宏伟的建筑。

雅典娜还将厄瑞克修斯抚养长大，这个孩子后来成为雅典的第二任国王。有的神话中将厄瑞克修斯视作雅典娜与赫菲斯托斯的儿子，不过雅典人从不接受这种说法。

雅典人会说："没这回事，雅典娜永远是一位少女，厄瑞克修斯是赫菲斯托斯和大地女神的儿子。"雅典人为了让自己的观点更具有说服力，把厄瑞克修斯叫作"厄瑞克修尼奥斯"，意思是"从大地中出生的男人"。

按照雅典人的说法，大地女神生下厄瑞克

修斯之后不愿抚养这个孩子,于是她便去找到雅典娜,把婴儿放在她的脚下,对她说:"这个孩子是你的,赫菲斯托斯想娶的人是你,而不是我,所以这个孩子应该由你来养。孩子给你,你来照顾他吧。"

雅典娜低下头,怜悯地看着这个新生的婴儿,这个小家伙向她伸出了双手。

"好吧,我来把他养大。"雅典娜说完便把婴儿放到摇篮里,哄他入睡,还在他的身旁放了一条圣蛇,保护他的安全。接着,她把婴儿盖好,不让别人看到。雅典娜把摇篮交给刻克洛普斯国王三个女儿中的阿格劳罗斯,对她说:"请帮我看好这个摇篮,不要告诉任何人是我把它交给你的,并且无论如何都不要打开这个篮子,如果你打开它的话,巨大的灾难就会降临在你的头上。"

"傍晚的时候我会来取摇篮的。"说完,雅典娜就急匆匆地走了,她要去完成雅典卫城的建造工程。

雅典娜一走，阿格劳罗斯的好奇心就开始占了上风。她不顾雅典娜的警告，走过去打开了摇篮。

她刚一掀开摇篮，那条圣蛇就蹿了出来，气势汹汹地直立着。阿格劳罗斯被吓得心惊胆战，不顾一切地逃命，却不小心一头从雅典卫城上栽了下去，落在巨石上摔死了。

一只从旁边飞过的乌鸦把这个消息带给了雅典娜，当时雅典娜正在搬运巨石来加固城墙。听到这个消息，女神吓得丢掉石料，飞跑着去找那个孩子。她把他抱在怀里，回到自己的神庙，在那里把他像自己的孩子一样抚养长大。

雅典娜当初丢下的那块巨石依然留在原地，后来人们把这块巨石称为"利卡拜托斯山"，它耸立于今日雅典城的中心。而那只带来可怕消息的乌鸦，则被

女神改变了颜色。在那之前，乌鸦是非常漂亮的浑身洁白的鸟，深受女神们的喜爱；但是从那天之后，它们变成了墨汁般的乌黑色，声音也嘶哑起来，变成了令人讨厌的嘎嘎声。

雅典娜不愿看到乌鸦，于是就将它们赶出了雅典卫城。此后，猫头鹰取代了乌鸦在女神心目中的地位，深受雅典娜的喜爱，它那双闪亮的大眼睛象征着智慧与深刻的思想。

泛雅典娜节是一个纪念雅典娜女神的盛大节日。这个节日是雅典城每年最

重要、最精彩的活动，最杰出、最知名的雅典公民都会参加：既有勇敢的战士和骑手，又有英俊的青年和美丽的少女，还有最具智慧的老人。这个节日会持续多日，不仅会举行体育比赛和赛马，还会举行一些盛大的艺术比赛大会，来自全希腊的歌唱家、舞蹈家和音乐家竞相展示他们的才艺。

无论雅典娜在我们看来有多么神奇，应该得到多么崇高的赞美，我们永远都不要忘记，她只是人类想象力的产物。雅典娜在神话故事中立下的汗马功劳，实际上是人类自己的丰功

伟绩；雅典能够闻名世界，也要归功于雅典那些勤劳智慧的工匠与思想家。在守护善与美的斗争中，雅典人赢得了非凡的胜利，因为他们把雅典娜女神象征的美德放在高于一切的地位：人道主义精神——如果没有它，美就失去了光芒，智慧也就失去了力量。

最后，为大家献上一则闪耀着智慧与人性的箴言："如果有人需要喝水或者取暖，不要拒绝他的请求；如果有人问路，不要指给他错误的方向；不要拒绝安葬死者；绝不宰杀拉犁的公牛。"

第十章

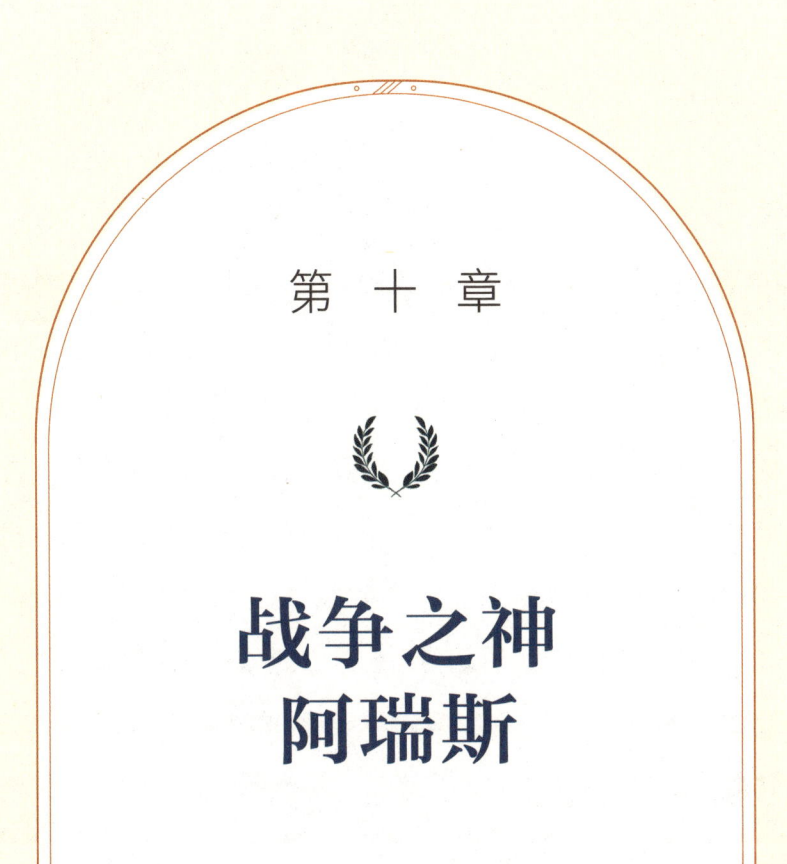

战争之神阿瑞斯

阿瑞斯相貌英俊，肌肉发达，闪亮的铠甲把他衬托得更加威武。然而，这恐怕是他唯一能让人称赞的优点了。我们厌恶、痛恨战争，阿瑞斯却是战争之神——他热爱战争，给我们人类带来了死亡与毁灭。

　　你以为只有我们人类不喜欢他吗？不！谁都不喜欢他。他邪恶、无情，行为野蛮且特别愚蠢，只对战争、死亡和鲜血感兴趣，完全不是他自认为的那种英雄。他可不在乎谁对谁错，只要能挑起战争，哪怕无辜的百姓被杀害、城市被烧成灰烬，他也毫不在意。矛和秃鹫是他的标志：矛是杀人的工具，而秃鹫是吃人尸体的飞禽。

　　阿瑞斯的两个儿子弗布斯和代摩斯，是他做坏事时的帮手，他们的名字分别表示"惧怕"和"恐怖"。阿瑞斯还有一个帮手，就是厄里斯——那个专门散播仇恨与冲突的女神。他们三个狂热地追随着阿瑞斯，到处煽风点火，将人们之间的矛盾一步步激化到顶点，于是，战争就爆发了。一旦发生战争，阿瑞斯就会面目狰狞地冲上战场，疯狂地砍下所有对抗他的勇士的头颅。

他在战争时期有多么快乐，在和平时期就有多么痛苦。如果天下太平，他就会感到无所事事，急急忙忙去找仇恨女神①厄里斯。

"我可受不了天下这么太平！"他大叫道，"你为什么只是坐在那里看着我？你不知道自己该干什么吗？赶快去给人们种下仇恨的种子，这样就能引发新的战争！残杀、鲜血和受伤者的哀号，能让我们快活好一阵呢！"

每次战争结束，看到漫山遍野的尸体，阿瑞斯就会得意扬扬地回到奥林匹斯山。他见到谁都要炫耀一番，用雷鸣般的声音吹嘘自己，却一点都没意识到，其他神灵对他的事情丝毫不感兴趣。

不过，阿瑞斯并不是每次都会欢天喜地地从战场上回来。每次打败仗时，他就会寻求父亲的帮助，因为他是万能的宙斯与赫拉的儿子。可是，他的性格如此惹人生厌，令他的父母都难以接受。

一天，赫拉对宙斯说："万能的宙斯，如果我让阿瑞斯伤痕累累地从战场上惨败而归，你会生我的气吗？"

"恰恰相反，"宙斯答道，"我会很高兴，让雅典娜去做这件事吧，她知道怎样才能让阿瑞斯像热锅上的蚂蚁那样焦躁不安！"

当时正处于特洛伊战争的紧要关头，局势对希腊人非常不利，赫拉想助希腊人一臂之力。而阿瑞斯这个好战的家伙原本是答应支持希腊人的，却趁此机会大规模屠杀希腊人。他杀了无数勇士，在看到希腊大英雄狄

---

①也译作"不和女神"。——编者注

俄墨得斯之后,便立即发出野兽般的怒吼,向英雄投去一枝铜标枪。这根投出去的标枪在空中飞速划过,却突然偏离了轨道,仿佛是被一阵风刮歪似的,落在了离目标很远的地方。原来是宙斯的女儿雅典娜接到赫拉的警告,火速赶到了战场。她用手轻轻一拨,便把标枪拨弄到一边去了。狄俄墨得斯真是太幸运了,若不是雅典娜出手相救,他必死无疑。接着,雅典娜来到大英雄身边,帮助他反击阿瑞斯。

狄俄墨得斯勇敢地抓起长矛,矛头直直地刺向战神阿瑞斯。雅典娜指引着矛头的方向,让长矛深深地刺进阿瑞斯的肋骨。阿瑞斯吓得魂飞魄散,发出了一声仿佛上千个人同时中箭般的惨叫,拔腿就跑。他很快回到奥林匹斯山,来到父亲面前抱怨。

"这是你自作自受,"宙斯不耐烦地说,"你的眼中只有仇恨、战争和鲜血。如果你不是我的儿子,我早就把你扔进塔尔塔罗斯,让你永远生活在黑暗之中,见不到一丝光亮了。去包扎好你的伤口,以后做事情理智一点吧。"

可是战神天生莽撞，又怎么会乖乖听话呢？

伤口刚刚痊愈，他就疯狂地赶回战场找雅典娜报仇。

"我要让你领教领教我的厉害！"阿瑞斯一看到雅典娜，就用尽全力将手中的长矛笔直地刺向她。雅典娜轻巧地闪到一旁，长矛从她身旁飞了过去。她身手敏捷，捡起一块巨石扔向阿瑞斯，正中他的喉部。

"啊！"阿瑞斯踉踉跄跄倒下的时候发出了一声长长的号叫，他那巨大的身躯覆盖了整整七块田地。

他的崇拜者阿佛洛狄忒赶忙跑来帮忙，可雅典娜一拳击中她的胸口，于是她眼前一片模糊，失去意识，倒在了阿瑞斯旁边。

"如果帮助特洛伊的人都像你们这样不堪一击，这场战争早就结束了。"雅典娜嘲讽地说完，转身就走。

自那以后，阿瑞斯一看到雅典娜就赶紧躲开。不过，有时候他反应也没那么快。

在和平女神的帮助下，农业女神德墨忒尔一刻不停地监视着阿瑞斯，阻

止他发动战争，因此，阿瑞斯一直都对德墨忒尔怀恨在心。一天，他碰巧看到德墨忒尔独自站在奥林匹斯山，就跑过去吼道："喂，我知道你一直跟我作对。你，还有和平女神，你们真是形影不离，整天教人类耕田种地，让他们热爱劳动，痛恨战争，所以他们都讨厌我。看看你们做的好事，全希腊没有一个人为我修座像样的神庙。不仅如此，再也没人愿意像个男子汉那样死于战场了，他们情愿老死、病死、累死。你们两个惹人嫌的婆娘小心点吧，不然我就……"

阿瑞斯话还没说完，突然感觉有点不对劲，往旁边一看，发现雅典娜就站在他身旁！他想装作没事人般走开，可雅典娜牢牢地抓住了他的手臂。

"别走呀，我的小'英雄'！"雅典娜出言嘲讽，又伸手把头盔从他脑袋上摘了下来，然后扔得远远的。头盔还在石头路上丁零当啷地滚个不停，雅典娜又夺下阿瑞斯沉重的盾牌，扔到了一边。接着，她又抢过阿瑞斯的长矛，愤怒

地摔在地上,喊道:"你,马上离开这儿!以后离我喜爱的人和那些友好善良的人远一点儿。"

阿瑞斯受到奇耻大辱,脸涨得通红。他弯腰捡起散落在地上的武器,慌忙溜走了,根本不敢再看两位女神。

"路上也别惹什么是非!"在他背后传来雅典娜嘲讽的声音。

如果只是雅典娜让阿瑞斯出尽洋相,看起来像个彻头彻尾的傻瓜,那么阿瑞斯还不至于太惨。可是,著名的大英雄赫拉克勒斯也让阿瑞斯吃了好多次败仗,他不仅让阿瑞斯身受重伤,还杀死了他的一个儿子。

阿瑞斯有个让他十分骄傲的儿子,名叫库克努斯。他体格非常强壮,却比他的父亲还没头脑,比他父亲还要残酷无情。阿瑞斯是众神中唯一没有神庙的,对于此事,库克努斯一直耿耿于怀,他决定亲自为父亲修建一座神庙。库克努斯的想法极其血腥残忍,他想,如果能用尸骨和骷髅来修建神庙,一定会与众不同。这个主意让他十分醉心,于是开始屠杀人类,以准备建筑材料。

从坦普到塞耳墨皮莱,这片区域的人们一听到库克努斯的名字就吓得浑身发抖,直到大英雄赫拉克勒斯碰巧来到这里。当库克努斯看到大英雄伟岸的身躯时,他自言自语说这副巨大的骨头用来修建神庙再合适不过了,于是冲上前去想取英雄的性命,可他忘了赫拉克勒斯是宙斯的儿子,无人能敌。

赫拉克勒斯三下五除二就把库克努斯解决掉了,神庙没能建成,库克努斯还赔上了性命。阿瑞斯气愤至极,从奥林匹斯山冲下来寻找杀害儿子的仇人报仇。可是不久,他就呻吟着回来了。赫拉克勒斯可不是什么等闲之辈,他用长矛刺中了阿瑞斯,让他身负重伤。现在,战神阿瑞斯谁

也不想看见，他把自己关起来，为命运对他的三次打击——丧子、负伤和尊严扫地——默默流泪。

阿瑞斯没有忘记丧子的伤痛，于是，他决定为儿子建一座宏伟的纪念碑。为此，阿瑞斯叫来库克努斯的岳父塞伊克斯国王，让他命令国民干活建碑。他甚至还下令，要用儿子之前收集的尸骨和骷髅来装饰纪念碑的细节。"库克努斯的心血不能付之东流，"他想，"只有这样，人们才能永远记住我儿子的'丰功伟绩'。"

纪念碑建成后，阿瑞斯发现每个细节都和自己设想的一模一样。"现在大家都能清楚地看到，我儿子库克努斯比赫拉克勒斯更值得纪念，"他对自己说道，"我坚信，如果没有雅典娜帮忙，赫拉克勒斯凭一己之力根本杀不了我儿子。"

阿瑞斯正想着，耳边忽然传来轰隆隆的响声，这声音越来越大，越来越可怕。这一定是来了什么可怕的怪物，阿瑞斯被吓破了胆，拼命呼喊宙斯。

"父亲，快救救我！"他尖叫道，可是巨大的声音淹没了他的呼喊。

轰隆隆的响声是阿纳鲁斯河河神发出来的，河水正从山崖上奔腾而下。太阳神阿波罗命令河神搅起洪流，冲垮库克努斯的纪念碑。阿瑞斯吓得浑身瘫软，不知道该往哪里逃，直到最后关头他才反应过来，逃到一座山的山顶保全了性命。

在山顶上，阿瑞斯看到了灾难的降临。仅仅几秒钟的工夫，湍急的河流就把纪念碑、尸骨和骷髅冲得无影无踪。所有能证明库克努斯和他所犯恶行的痕迹都被洪流冲走了,什么也没留下来,只剩下绝望的阿瑞斯在原地为他新的失败而哭泣。

阿瑞斯一想到自己遭遇的种种耻辱,就深受折磨。他是令人望而生畏的战神,怎么能沦为奥林匹斯山的笑柄?不,不可以!他无法忍受这些羞辱,一心想要寻找机会展示自己的英勇善战,证明自己是名副其实的战神。

没过多久,他就找到了证明自己的机会——至少他自认为是这样。

一天,他在奥林匹斯众神面前喊道:"我要让你们看看我到底是什么样的人!"然后,他就像疯狂的野兽般从奥林匹斯的神殿里冲了出去。

阿瑞斯之所以突然拿出这么大的勇气,是因为神殿前的两个巨人。这两个巨人是阿洛欧斯的儿子,他们正在神殿前耀武扬威,要和众神一比高下。

"有种的就跟我决一死战吧!"阿瑞斯大叫着朝两个巨人宣战,可还没等他说完,其中一个巨人就抓住了他的后背,另一个巨人往他嘴里塞了一块抹布。现在,阿瑞斯既喊不出声也逃不掉,一转眼的工夫,两个巨人就把他五花大绑抬走了。

13个月过去了,阿瑞斯仍旧没有回到奥林匹斯山,甚至一点消息都没有。在这段时间里,所有的战争都停止了,人们的生活快乐而平静。

但是宙斯很担心阿瑞斯，他叫来赫尔墨斯，命令他寻找阿瑞斯的下落。

"不管怎么说，他是我的儿子，也是你的兄弟呀，"宙斯对赫尔墨斯说，"而且你不要忘了，人类不再经受苦难，也就不会再听从我们神的旨意了。你四处找找，一定要找到他！"

赫尔墨斯完全执行了宙斯的命令，开始马不停蹄地寻找自己失踪的兄弟。他四处搜寻、多方打探，最终找到了巨人的继母，她透露了阿瑞斯的下落。原来他被锁在纳克索斯岛上的一个监牢里，那监牢十分狭小，也就比笼子大一点，所以阿瑞斯只能蜷着身子待在里面。

当赫尔墨斯把阿瑞斯放出来的时候，阿瑞斯已经奄奄一息，站都站不直了。过了很长一段时间，他才恢复过来，敢在奥林匹斯山上露面。至于那两个巨人，我们将在后面的故事里讲述，他们被一个女人——月光和狩猎女神阿尔忒弥斯打败了。这样一来，阿瑞斯再一次受到双重羞辱。

逞英雄很简单，成为真正的英雄却很困难。你们还记得那个长着100个脑袋的可怕怪物提丰吗？当穷凶极恶的提丰来势汹汹、席卷整座奥林匹斯山时，阿瑞斯连逞英雄都来不及，恐惧让他的双膝发软。当他的父亲宙斯抓起霹雳抗击侵犯者时，阿瑞斯——这位喜欢被人称为"奥林匹斯山上牢不可破的堡垒"的战神——就像一头受到惊吓的野猪一样，连滚带爬地向最远的山坡逃去。他不顾一切，匆忙逃命，途中还不小心把自己绊了一跤，滚到了山下的平原，并一路向北逃到色雷斯。他越过赫勒斯庞特海峡，从小细亚细逃到叙利亚，一路上都不敢停下来喘口气，也不敢回头看看。

当宙斯正在与可怕的提丰进行你死我活的搏斗时，阿瑞斯已经逃到了埃及。在那里，由于恐惧和劳累，他失去了知觉，掉进了一条臭水沟。他那副样子真是惨不忍睹：伤口正在渗血，双腿虚弱得根本站不起来，庞大的身躯被疼痛折磨得变了形——这个曾经威风凛凛的战神竟然沦落到如此田地。

最终，宙斯在雅典娜和赫尔墨斯的帮助下击败了提丰，提丰被压在埃特纳山下奄奄一息，这个消息一传开，我们的"大英雄"阿瑞斯又马上恢复了往日威风凛凛的模样。但他不敢在奥林匹斯山上露面了，于是重操旧业，不断给人类制造麻烦，因为他觉得人类在战争中流出的鲜血可以洗刷他所受的耻辱。

唉，这都是因为阿瑞斯根本不懂得这样一个道理：战争本身就是世界上最大的耻辱。首先是他，然后是奥林匹斯山上的众神，最后是全人类，都必须让战争从自己身边消灭。

第十一章

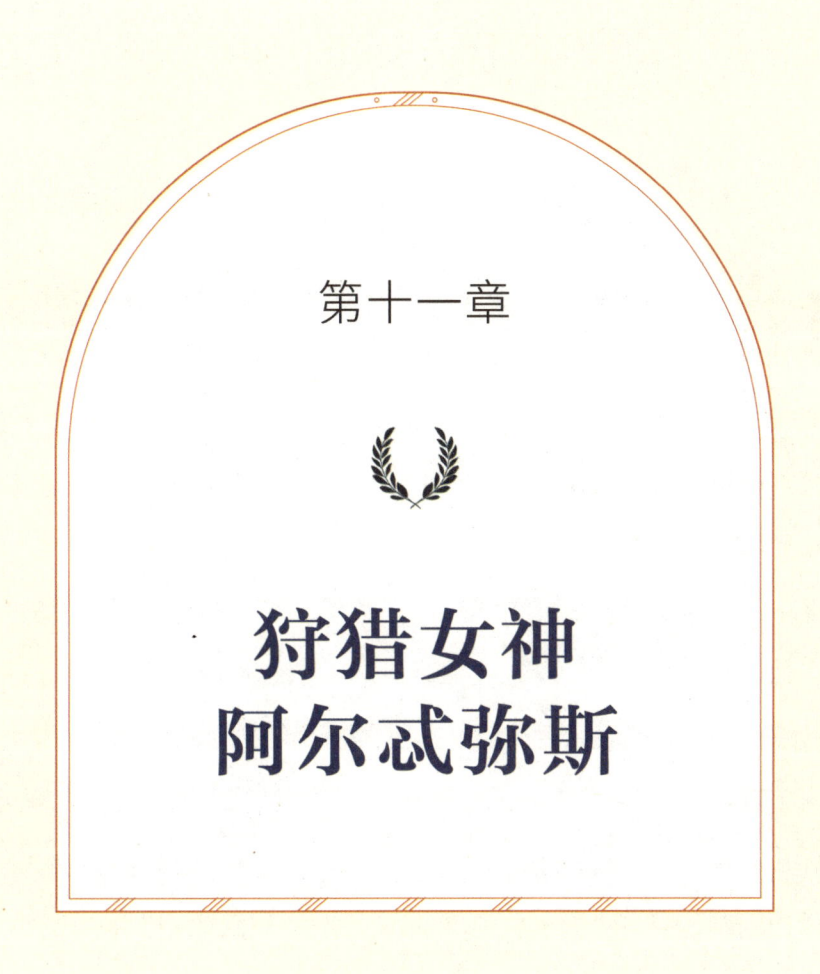

狩猎女神
阿尔忒弥斯

很久以前，每当夜晚降临，满月在闪耀的繁星间普照大地的时候，一群活泼美丽的仙子就会在森林中游荡。其中一位仙女尤其引人注目，她身材高挑，腰肢柔软，貌美非常，其他仙女都听从她的命令。她不但长得最漂亮，歌声和舞姿也是首屈一指。她的名字叫阿尔忒弥斯——月光与森林的女神，也是狩猎与接生的女神。

阿尔忒弥斯身穿短衫，更加衬托出她优雅多姿的身材。银色的月光洒在她身上，散发出神秘的美，令人过目难忘。阿尔忒弥斯喜爱打猎，总是随身带着一把金弓，肩上则挂着金色的箭袋，里面装满百发百中的金箭。

阿尔忒弥斯是万能的宙斯和女神勒托的女儿，也是光明之神阿波罗的姐姐。勒托在生下这两个孩子之前的痛苦遭遇，我们将在后面讲到。阿尔忒弥斯非常爱自己的母亲，也爱奥林匹斯众神。她胆子很大，自尊心很强，任何胆敢轻视她或其他女神的人都是自讨苦吃。曾经有两个巨人想要侵犯她，阿尔忒弥斯给了他们应有的惩罚。

这两个巨人名叫俄托斯和厄菲阿尔忒斯，他们是巨人阿洛欧斯的儿子。他们从出生之后就不停地生长，每过一年，兄弟俩就会长高1.8米，长宽0.5米。他们的身体越来越强壮，力气也越来越大。不仅如此，他们也越来越蛮横无理。他们将人类看作渺小的蝼蚁，把杀死人类当作一种乐趣；他们胆大妄为，甚至敢威胁奥林匹斯山上的众神。

"等我们再长高一些，"他们说，"我们就把佩利翁山堆到俄萨山上，这样就能够到达你们的宫殿——然后，我们就把赫拉和阿尔忒弥斯抓下来！"

众神听后，开始为两位女神担惊受怕。因为这两个巨人是永生的，不管是神还是人都不可能杀死他们。不过，有一种情况例外，就是他们当中的一个可以杀死另外一个。但是，这两个巨人是亲兄弟，共同的野心又把他们紧紧联系在一起，怎样才能让他们二人反目成仇、自相残杀呢？

其实，聪明的阿尔忒弥斯心里已经有了主意。一天，两个巨人外出打猎，

女神悄悄地跟上了他们。两个巨人分别埋伏在一条小路的两边，等着猎物穿过他们中间的小路。女神捉住一头母鹿，又把它放了，让它恰好从兄弟俩中间穿过。兄弟俩一看到母鹿，立马瞄准了目标。他们使出全身的力气向后拉弓，箭好似闪电般飞了出去。而就在箭射出的一刹那，女神施展神力让母鹿巧妙地逃脱，两支已经射出的箭不偏不斜，正好射中兄弟俩的额头。阿尔忒弥斯成功了：两个巨人死了。可怕的巨人死去的消息一传出去，人们欢欣鼓舞，纷纷对阿尔忒弥斯唱起赞歌，颂扬她的丰功伟绩。

在希腊，阿尔忒弥斯还被人们看作代表贞洁的女神，而与她一同受到人们敬仰的还有希波吕托斯。希波吕托斯是一个英俊的小伙子，他的一生都在服侍阿尔忒弥斯女神，死后成为正直、高尚青年的象征。

希波吕托斯是雅典国王、英雄忒修斯的儿子，他的亲生母亲则是美丽的亚马宗女王安提俄珀。在保卫雅典的战争中，安提俄珀与忒修斯并肩作战，英勇无比。后来，忒修斯再婚，他的第二任妻子是菲德拉，著名的克里特国王米诺斯的女儿，也就是阿里阿德涅的妹妹。

父亲再婚后，希波吕托斯离开雅典，去往伯罗奔尼撒半岛，同曾祖父、圣人皮修斯一起生活。皮修斯是特洛伊地区的国王，他将王位传给了这个年轻人。

希波吕托斯继承了他母亲的两个品质：一是热爱骏马，二是深深地崇拜女神阿尔忒弥斯。不过，相比之下，对女神阿尔忒弥斯的崇敬在这位年轻人的生命中更为重要。他大部分时间都在女神的森林里，成为女神在人间最亲近的人。希波吕托斯是唯一能与女神会面交谈的凡人。他们一起打猎，一起饮用水晶般清冽的泉水，一起在林间散步。阿尔忒弥斯像姐姐对待弟弟般爱着希波吕托斯，这种爱是深沉的、纯洁的；希波吕托斯像弟弟对待姐姐一样爱着阿尔忒弥斯，这种爱是尊敬的、崇拜的，也是不掺任何杂质的。

然而，希波吕托斯对阿尔忒弥斯的爱引起了另外一个女神的不满，她就是爱神阿佛洛狄忒。她感觉自己受到了冒犯，因为希波吕托斯路过她的神像时未作任何停留，既不祈求她的保护，也不在她的脚下献上礼物，这让她忍无可忍。

"凭什么？"阿佛洛狄忒喊道，"凭什么他天天能伴随在阿尔忒弥斯身边？神创造了人，是让他们崇拜奥林匹斯山上的所有神灵的，而不是单单崇拜其中一个！"于是，她开始寻找机会报复。

有一天，希波吕托斯回到雅典，在他父王的宫殿里参加一场宗教典礼。阿佛洛狄忒知道他会在那里遇见自己的继母菲德拉，而这个女人就是毁掉这个年

轻人最好的工具。阿佛洛狄忒只需要让她的儿子厄洛斯射出一箭，菲德拉就会把她对丈夫的爱忘得一干二净，疯狂地爱上希波吕托斯。果不其然，被金箭射中的菲德拉一见到希波吕托斯，心跳就加快了，疯狂地爱上了这个年轻人。她被自己这突如其来的感觉吓坏了，她试图打消这种念头，但我们知道，不管是谁，只要被厄洛斯的金箭射中，这个人就会陷入爱情无法自拔，光明之神阿波罗就是个例子。现在，菲德拉能做到的，就是尽量避免和希波吕托斯讲话。

年轻人离开后，菲德拉再也无法平静。她吃不下饭，睡不着觉。没过多长时间，她便身体消瘦，面色憔悴。终于有一天，菲德拉再也控制不住自己的感情，来到了特洛伊。她躲在暗处远远地注视着希波吕托斯，但她不敢现身，又悄悄回到了雅典。

几天后，全雅典的盛大节日游行开始了，希波吕托斯、菲德拉和忒修斯又一次聚在一起。在整个庆典过程中，菲德拉的心怦怦直跳，因为那个年轻人就站在她的身旁。庆典结束后，她急忙奔回宫殿，希望在那里让心灵平静下来，可她一走到阳台上，便又不由自主地在人群中寻找希波吕托斯的身影。

这时，一匹黑色的骏马被人牵了出来。这是一匹烈马，还没有一个人能成功地骑上它。而希波吕托斯驯马的技术非常高超，只见他一把抓住缰绳，还没等那匹马反应过来，便翻身骑在了马背上。烈马立刻就被驯服了，它前腿离地，直立起身子，围观的人群都为这位勇敢的年轻人欢呼喝彩。

菲德拉看到了这一幕，对这位年轻人的爱意更加强烈了。庆典结束后，她发现希波吕托斯身旁没有其他人，便决心向他表白。

"留在雅典吧，希波吕托斯，"她乞求道，"我不想再做忒修斯的妻子了。就是他，抛弃了我的姐姐阿里阿德涅；也是因为他，你的母亲被人杀死了；他甚至会杀了我。你必须报仇，希波吕托斯。女神阿佛洛狄忒会站在我们这一边。做雅典的国王吧，而我会成为你忠诚的妻子、你的王后。"

菲德拉对希波吕托斯的了解真是太少了！他这样纯洁高尚的人，心里怎能

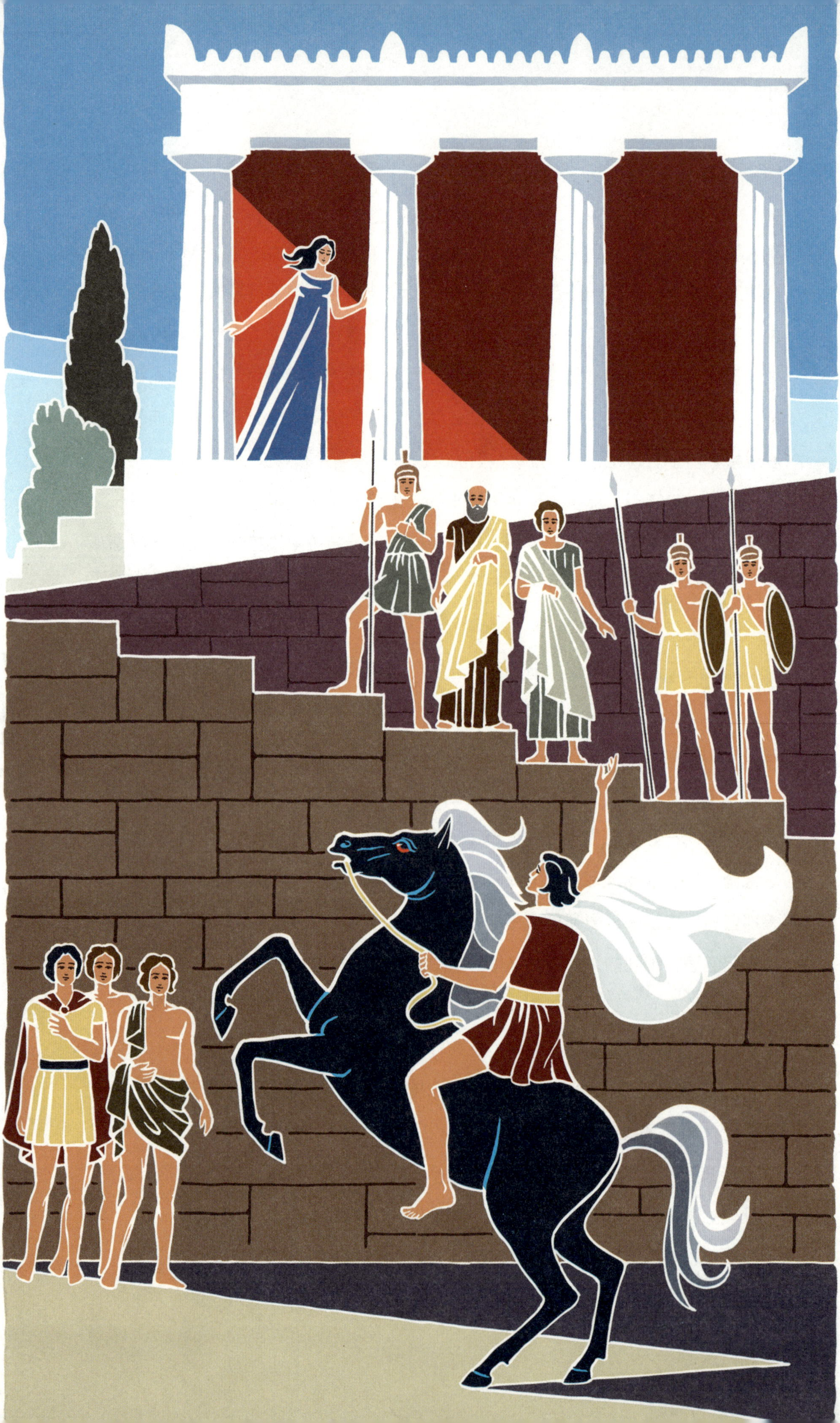

容得下如此肮脏的想法？背叛自己的父亲——这位天下闻名、勇敢高贵的大英雄忒修斯？背叛阿尔忒弥斯——这位自己甘愿为她献出生命的女神？他绝不会这么做！

希波吕托斯向菲德拉投去冷冰冰的厌恶的眼神，愤怒地说道："休想！你真是太可耻了！"

菲德拉又羞又恼，她把脸埋在双手里，哭着跑到另一个房间躲了起来；而希波吕托斯仍站在原地，他在心里非常同情自己的父亲。

"伟大的宙斯啊，"他说，"我发誓，这件事我永远不会告诉父王。"

菲德拉当然明白自己做的事有多么可怕，但她没有办法停下来。一个恶行促使她犯下另一个恶行，而这一次要更加严重。

"休想！你真是太可耻了！"这刺耳的话语一遍遍在菲德拉耳边回响，直至她精神崩溃："你竟然如此羞辱我，那我们就同归于尽吧！"于是，她撕烂自己的衣服，抓伤自己的手臂和脖子，披头散发地冲出了房间。

"救命，救命！"菲德拉哭哭啼啼，大声叫嚷，将罪过全都推到这个无辜的青年身上。然后，她又一次将自己关在房间里，写了一封信给忒修斯。在信中，她颠倒黑白，将自己犯下的罪行全部嫁祸给希波吕托斯。最后，她把这封信别在长袍上，上吊自尽了。

忒修斯得知消息后悲痛欲绝。当看到妻子的遗体、读到那封信时，他无法相信自己看到的一切，也无法相信自己读到的那些话。可是，他的妻子已经死了，这不是希波吕托斯的罪过还能是什么呢？

"我真是瞎了眼了！"他大喊，"把他赶出去，让他永远不得踏入雅典半步！"

就在这时，希波吕托斯出现了。"您大错特错了，父王，"他说，"我没有罪。"

"你这个伪君子！你曾经向阿尔忒弥斯女神许下誓言，现在又背叛她，背叛你的父王和母后。是你杀了她，你这个杀人凶手！滚出去！滚！别让我再看见你！"

希波吕托斯想把真相说出来，可他忍住了，因为他已经向宙斯发誓决不把这件事告诉父亲。因此，他只得再次起誓。

"请相信我，父王。我对宙斯发誓，如果我心存邪念，我将永远消失，成为无名之人，失去荣耀，失去祖国，失去家庭；我死后，尸体会被抛在野外，被野兽和飞鸟吞干啄净。除此之外，我不想再说什么了。"

"嚯，你居然还对宙斯起誓，你这个不知羞耻的骗子。有菲德拉的尸体和书信为证，没有人会站在你那一边。你这忘恩负义的畜生。走开！我不想再看见你！"

希波吕托斯依然恪守诺言，没有揭露真相，他只得选择离开。他套好马具，登上战车，扬鞭朝伯罗奔尼撒的方向飞奔而去。

希波吕托斯刚一离开，忒修斯便大声喊道："啊，天神波塞冬，海洋的主宰，你曾答应帮我实现三个愿望，现在我要许下第一个愿望：别让希波吕托斯到达特洛伊。"

为什么？忒修斯，为什么要这么做？为什么你要行动得如此匆忙？为什么你不仔细想想？为什么你不问问别人的意见就做出决定？你已经被愤怒蒙蔽了双眼，你鲁莽地做出这样的决定，你会最终将你的儿子引向死亡！

　　至于你，不幸的希波吕托斯，你的生命已经走到尽头。你再也不能回到特洛伊，那些渴望见到你的少女再也盼不到你了。你再也不能陪伴在阿尔忒弥斯的身旁，奔跑在露水清凉的草地上了，你甚至不能再为你敬爱的女神献上玫瑰。因为现在，死亡正在前方等着你。

　　希波吕托斯并没有意识到等待着他的命运，他正绕着斯喀戎山，在悬崖边一条狭窄不平的小路上驾车奔驰，而悬崖的下方是奔腾的大海。尽管他的内心燃烧着痛苦的烈火，但他依然自信地、平稳地驾驭着战车。突然，一股可怕的巨浪将一头公牛推上海岸，公牛发出恐怖的咆哮声，鼻孔里喷出水流。马匹受到了惊吓，它们一边挣脱缰绳，一边拉着战车冲向悬崖边。驾车的人如果不是希波吕托斯，就会一头栽下悬崖，跌落到布满礁石的海滩上。但是，希波吕托斯的驾车技术举世无双，他勒紧缰绳，像划桨一样向后弯曲身体，以惊人的力气将飞奔的战马拉回到小路上。

凶猛的公牛在后面紧追不舍，马跑得更快了，不一会儿，就将斯喀戎山远远抛在后头，向着科林斯地峡飞奔而去。然而，悲剧还是发生了。一条固定马车的带子在风中飘荡，钩住了一根树枝，马被甩到空中。笨重的战车撞在岩石上，摔得粉碎，而希波吕托斯被缰绳缠绕着，摔在石头上，受了重伤。当他躺在地上渐渐死去时，女神阿尔忒弥斯出现了，她带来了他的父亲忒修斯。女神强忍着悲痛向这位雅典国王道出了整件事的来龙去脉，国王则哭着跪倒在儿子身旁。

这位高贵的青年用尽最后一丝力气，稍稍抬起头说："不要哭了，父王，这不是您的错，您只不过是受了蒙骗。我即便死了，也依然爱您。"

这就是希波吕托斯最后的遗言。

他死后，阿尔忒弥斯带走了他的遗体，将他埋葬在特洛伊地区的一片小树林里，希波吕托斯就是在那里第一次遇见了他的女神。

忒修斯冤枉了儿子，造成了无法挽回的结果，他痛心不已。为了纪念儿子，他在那片神圣的小树林里修建起一座简朴美丽的神庙。在这里，这个年轻人被当作神灵一样崇拜。特洛伊地区所有的年轻男女在婚礼前都会带着一绺头发前来，献给蒙冤死去的希波吕托斯。这一举动表明，他们将维护纯洁的婚姻，永不背弃誓言。

就这样，希波吕托斯永远活在了特洛伊人民的记忆里。事实上，他们从不认为他已经死了。

"怎么可能？"他们说，"希波吕托斯怎么可能被自己的马害死呢？不，马儿没有害死他。他还活着。阿尔忒弥斯把他带到天上去了，并把他放在星星中间。"他们不会带着别人去看希波吕托斯的墓。不过，到了夜晚，他们会指着天空中的一个星座说："瞧，他就在那儿。"从那以后，这个星座就被称为"伊尼奥科斯"，也就是御夫座。

现在我们来讲一讲另一个故事。在这个故事里，同样有一个英俊青年蒙受不白之冤，悲惨地死去。

在很久很久以前的克罗诺斯时代，有这样一条规定：凡人如果看到神灵的真身，就必须死去，除非得到神灵自己的允许。

这是一条很不公平而且过于严厉的规定，但阿尔忒弥斯女神将其用在了青年阿克泰翁的身上。

故事发生在一个炎热的夏日。阿尔忒弥斯女神和一群仙子来到树林里，她们热得昏昏沉沉，便想洗个澡凉快凉快。很快，她们便找到了一个隐蔽的山洞，里面有一潭清凉的泉水。所有的仙女都脱了衣服，将衣服扔在岩石上，欢呼着一头扎进水晶般清澈透明的水中。她们在水中嬉笑、玩耍，像小孩子一样无忧无虑。

就在这时,一队猎人恰好经过这里,其中就有英俊的忒拜王子阿克泰翁。他走在队伍的最前面,正在找水喝。突然,他发现了一个山洞的入口,而那正是阿尔忒弥斯和其他仙子们洗澡的地方。

王子将猎狗留在外面,独自一人走进山洞找水。刚走了几步,他就听到泉水飞溅的声音,于是他停下了脚步。

"不,阿克泰翁,别再往前走了,"他心中似乎有个声音在提醒说,"想想克罗诺斯的规定。谁知道洞里的人是谁呢?"

但是阿克泰翁实在太渴了,还是犹豫着走了进去。他绕过一块巨大的岩石,突然和一群女神迎面相遇。

此时,美丽的阿尔忒弥斯刚好从水中站起。在昏暗的山洞中,她优美的身体散发出神圣的光芒。在此之前,还从来没有凡人亲眼见过这种美丽。

两名仙子首先发现了阿克泰翁,她们惊叫着逃开了。阿尔忒弥斯回过头来,看到阿克泰翁就站在不远的地方。她又羞又怒,全身变得通红。仙子们冲过去围住她,试图挡住阿克泰翁的视线,可惜已经太晚了。

阿尔忒弥斯怒火冲天，将这个不幸的小伙儿变成了一只小鹿。

变成鹿的阿克泰翁意识到自己闯了大祸，便开始逃跑，但他刚逃出洞口，就被守在洞口的猎狗们疯狂追击。阿克泰翁想开口说话，让猎狗们知道它们正在追击的小鹿就是它们的主人，但他还没来得及张嘴，猎狗们就已经把他扑倒，将尖利的牙齿插入了他的喉咙——最悲惨也最讽刺的是，猎狗们杀死他之后，还在四处找他邀功请赏。

其他猎手发现阿克泰翁不见了，也在寻找他。他们一直找到晚上，却一无所获。最后，筋疲力尽的猎人们失去了希望，便宰了那头鹿，原路返回了忒拜。他们万万没有想到，这头鹿就是阿克泰翁本人。

阿尔忒弥斯女神的惩罚如此严厉，因此，人们都小心翼翼，遵照着女神的意愿做事。

在阿提卡的维拉维戎，每5年会举办一个盛大的节日，这个节日起源于下面这件事。

很久以前，有一头温顺的熊自由自在地在雅典的大街上游荡，所有的雅典居民都认为它是受阿尔忒弥斯保护的神兽。雅典人喜爱这头熊，小心地照看它，喂养它。这头熊是孩子们最好的玩伴，孩子们与它玩耍、嬉戏，它从不发怒，

也不会伤害他们。

然而，有一天，一个小女孩玩得过火了，她不停地逗弄着熊，用脚踢它，用手掐它，还捡起一根棍子没头没脑地追打它。熊忍无可忍，终于被激怒了，它扑向小女孩，掐死了她。

这个女孩的兄弟们听到女孩死了，想都不想，就赶来把熊杀死了。

从此之后，雅典城就惨遭不幸，一场可怕的瘟疫缠上了这里的孩子们。

后来，雅典人派使者寻求神灵的指点，神灵告诉他们，他们必须将自己的女儿装扮成熊的模样献给阿尔忒弥斯。

这就是5年一次的维拉维戎节的起源。每到这一天，5—10岁的雅典女孩儿都要穿上熊皮颜色的衣服，排成长长的队伍，一路走到位于维拉维戎的阿尔忒弥斯神庙。

在神庙里，人们宰杀一只母羊和一只小牛献给女神，而女祭司们则为"熊女孩"乞求平安。接下来，女孩儿们离开神庙去玩耍，狭小的维拉维戎平原一下子拥挤热闹起来。这些"熊女孩"跑啊，跳啊，在绿色的原野上快乐地唱歌跳舞，整个维拉维戎平原充满了节日的气氛。

只是，她们的父母得花好大力气才能把她们召集起来早点回家，因为，回雅典还有很长的一段路要走呢。

第十二章

光明之神阿波罗

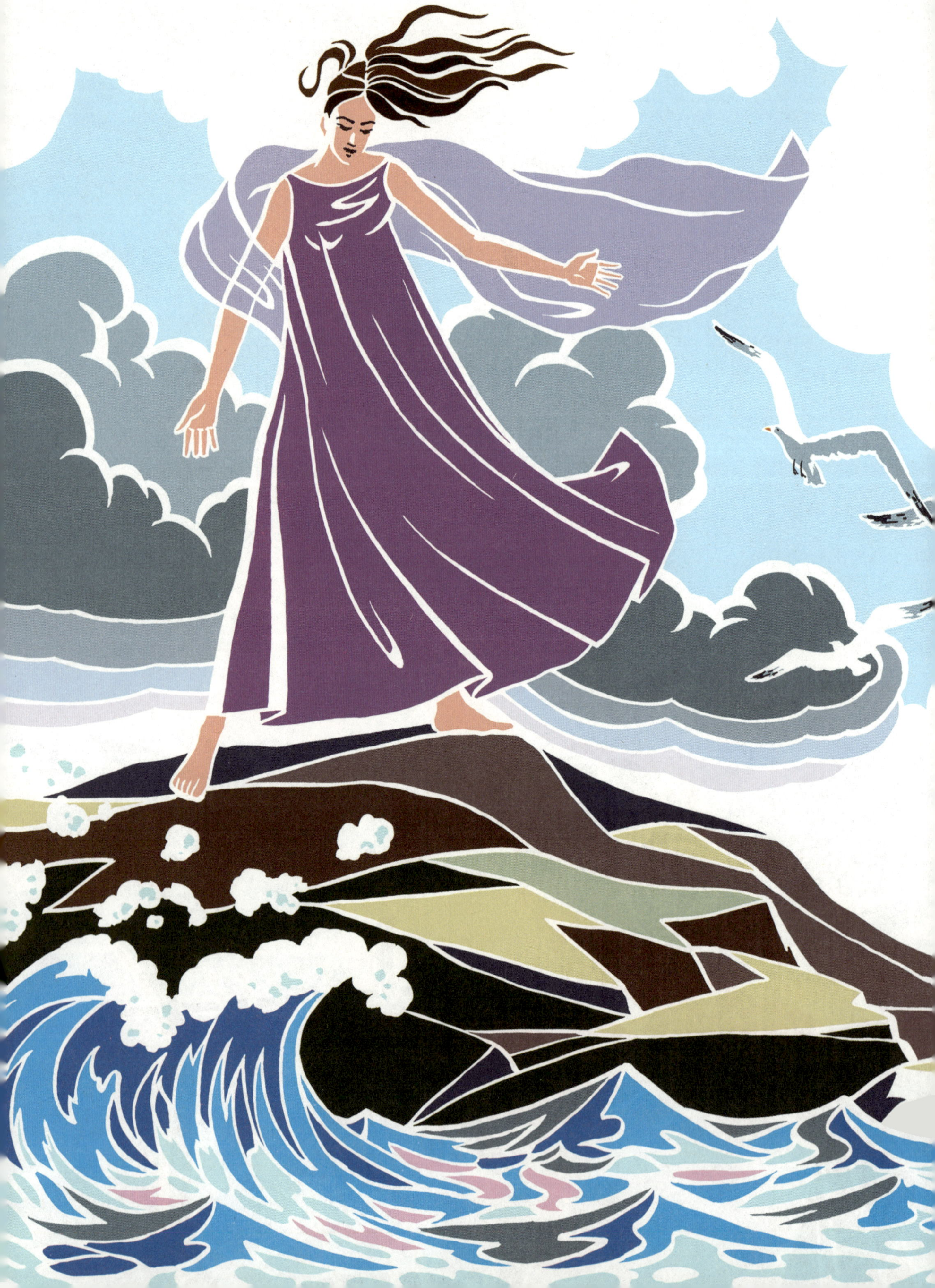

在希腊的爱琴海上，有一个神圣的岛屿，名叫得洛斯。它是一个著名的宗教圣地，每年都吸引着很多游人前去参观。不过，很久很久以前，还是宙斯统治着众神和人类的时候，得洛斯岛并没有现在这么有名，也不像现在这样一动不动，它只是一座浮在海面上的小岛，每天随着波浪在无边无际的大海上漂来荡去——直到有一天，有一位女神来到了这里。

这位满脸惊恐的女神名叫勒托，她怀上了宙斯的两个孩子。为了躲避宙斯的妻子赫拉那可怕的报复，她四处寻找一个安全的地方，以便能平安地生下自己的孩子。

"噢，你这座在大海上流浪的小岛啊，"女神哭喊道，"请好心收留可怜的我，让我在这里生下我的孩子吧。爱嫉妒的赫拉为了报复我，派了怪兽皮同四处追杀我。我逃到阿提卡，逃到色雷斯，还逃到了莱斯波斯岛和希俄斯岛，可没有一个地方敢收留我，因为它们都害怕可怕的皮同和愤怒的赫拉。我跑遍了世界的每一个角落，实在是太累了。请收留我吧，小岛，你整日在大海上流浪，是最能体会永远没有尽头的漂泊的滋味的。我答应你，只要你能给我一个安全的地方，将来，我的儿子阿波罗一定会为你建起一座雄伟的神庙来报答你，让你享受最高的荣耀。"

勒托的话刚刚说完，整个得洛斯岛就开始剧烈晃动起来。两块巨大的岩石突然从海底伸出，牢牢地卡住小岛，永远地将它固定在今天这个位置。

从此以后，小岛结束了它的流浪生活，收留了可怜的勒托。

紧接着，岛上来了许多女神，她们都是赶来帮助勒托生孩子的。这是一个漫长的生育过程，经过了整整九个日夜，直到第十天晚上，勒托才终于生下了她的两个孩子。就在孩子出生的那一刻，太阳出来了，漆黑的夜晚顿时变成明亮的白昼，金色的阳光照耀着整个小岛。这一切的发生都是因为勒托刚刚生下的儿子——长着一头金发的阿波罗，他就是光明之神；而跟他一起降生的，就是严肃的狩猎女神阿尔忒弥斯。

仅仅过了四天，阿波罗就长成了一名俊美的青年，并且拥有了神的力量。赫菲斯托斯用纯银制作了一张银弓，用黄金制作了几支金箭，并把它们当作礼物送给了阿波罗。这可不是普通的弓箭，它能百发百中，阿波罗决心用它去杀死皮同——那只曾经无情追杀他母亲的可怕怪兽。

一眨眼的工夫，阿波罗就像闪电一样飞到了帕耳纳索斯山。这儿阴森恐怖，散发着恶臭，怪兽皮同的老巢就在这里。在这之前，从来没有人敢来到这里挑战皮同。皮同看起来实在太可怕了！它拖着巨蟒一样的身躯四处游走，它经过哪里，哪里就会花草枯萎、瓜果腐烂，空气中弥漫着一种令人作呕的臭味。凡人只要看上皮同一眼，哪怕只是一秒钟的时间，就会被它那可怕的模样活活吓死。

这条可怕的巨蟒发现竟敢有人挑战自己，立即爬出了洞穴。它在岩石堆中爬来爬去，四处寻找那个不知天高地厚的敌人。当它看到站在面前的不是别人，正是勒托的儿子时，顿时气得口吐白沫。突然，它那原本像蛇一样盘成一团的身子直直地立起来，气势汹汹地向阿波罗逼近。它的脑袋稍稍向后缩着，准备随时发起猛烈进攻，将年轻的阿波罗撕成血淋淋的碎片。

可是，阿波罗的动作比它更快。只见他瞄准目标，迅速射出一支金箭，正好射中了皮同的额头。

这一箭的威力非常大，皮同受了重伤。剧烈的疼痛使它不停地扭动、翻滚着巨大的身躯，一会儿缩成一团，一会儿又完全伸展开来，撕心裂肺的惨叫声在山谷间回荡。但皮同是不会轻易认输的，它积蓄起全身仅存的力量，扬起头，将整个身子直立起来，想要进行最后的反击。这一刻，它那高耸的身躯和狰狞的面孔看起来格外恐怖。可是，伴随着一声哀号，它倒了下去，重重地摔在地上，整个山谷也跟着晃动了很久——怪兽皮同死了。

取得这一场大战的胜利，阿波罗高兴极了。他兴奋地弹起最心爱的竖琴，唱起了胜利的赞歌。这首赞歌实在太美妙了，以前从来没有人听到过，世界上也再找不出第二首歌曲能和它媲美。它的歌词和音乐展现出美与丑、善与恶、苦难与和平、毁灭与创造，以及生命和死亡。阿波罗的歌声饱含着能够征服一切的力量，大自然听了，开始渐渐安静下来；每一个受压迫的人听了，眼睛里都满含着幸福的泪水和无限的希望。

当阿波罗唱完赞歌，四周传来一片雷鸣般的掌声和欢呼声。那是人类和大

自然对这一胜利的庆祝，也是对这首歌曲的赞扬。从此以后，阿波罗就成了当之无愧的音乐之神。

阿波罗将皮同埋在了帕耳纳索斯山的山坡上，并在它的坟墓上修建了一座神庙，这就是神圣的德尔斐神殿。在这里，阿波罗的父亲，也就是无所不能的宙斯，向人们传达各种神灵的指示和命令。

皮同的死，无论对神灵还是人类来说，都是天大的喜事。但是，皮同是大地之母的儿子，杀死了它，阿波罗就成了凶手，他的双手就染上了罪恶。不过，作为神灵，只要他真心悔过，总有一天会被赦免。所以，阿波罗现在要做的第一件事就是洗清自己的罪过。于是，他来到塞萨利，做了一名身份低下的牧羊人，为阿德墨托斯国王管理羊群。这位金发的小伙子尽职尽责地工作，从来没有人怀疑过他的身份，就连阿德墨托斯国王本人也根本没想到，这位年轻的牧羊人就是光明之神阿波罗。

可是，阿波罗带着羊群走到哪里，哪里就会发生奇怪的事情。只要他一拿出竖琴，手指轻轻拨动琴弦，那些凶猛的野兽就争先恐后地从森林里跑出来，听话地躺在他的身边，同牛羊一起玩耍。同时，自

从阿波罗来了之后，阿德墨托斯的王宫里就充满了财富和快乐。他的牛羊越来越多，粮仓里堆满了粮食，大瓮里盛满了橄榄、美酒和奶油。宫殿的墙上和屋顶的横梁上挂着一袋又一袋沉甸甸的奶酪、火腿和其他食物，这些可都是上等的美味啊！

　　阿德墨托斯国王年轻英俊，又如此富有，许多国王都想让阿德墨托斯成为自己的女婿，纷纷表示愿意把女儿嫁给他。可是，年轻的阿德墨托斯心里只喜欢阿尔刻斯提斯——邻国伊俄尔科斯的国王珀利阿斯的那个可爱女儿。

　　珀利阿斯却不愿意，因为他只有阿尔刻斯提斯这一个女儿。他想，等他老了，除了女儿，还会有谁来照顾他呢？于是他宣布，谁想娶他的女儿，必须满足他的要求：驯服一只雄狮和一头野猪，并让它们为自己拉战车。

唉，雄狮和野猪，这两只野兽完全不同又都凶猛异常，谁能把它们拴在一起呢？这件事太危险了，别说试了，很多人连想想都害怕。但是，阿德墨托斯是如此喜爱阿尔刻斯提斯，为了得到她，他甘愿冒着被野兽撕成碎片的危险，决定试一试。阿波罗听说后，决心帮助阿德墨托斯，让他实现自己的愿望。

终于，在阿波罗的暗中帮助下，勇敢的阿德墨托斯完成了珀利阿斯提出的要求。现在，他正驾着由雄狮和野猪拉着的战车，轰隆隆地前往伊俄尔科斯。

珀利阿斯被阿德墨托斯的英勇无畏彻底征服了，他心甘情愿地将女儿嫁给了这位勇敢的国王。

阿波罗为阿德墨托斯忠心耿耿地服务了九年。到了第九个年头快要结束的时候，这位金发的神灵终于洗净自己的罪恶，回到了德尔斐。从此以后，阿波罗成了一位纯净的神灵，他有着一颗伟大而高尚的宽恕之心，保护着每一个像他一样真心悔改的人。

阿波罗喜欢住在德尔斐的神庙里，但他并没有忘记得洛斯——那个他出生的小岛，更没有忘记母亲勒托曾经许下的诺言。为了报答得洛斯岛，也为了实现母亲的诺言，阿波罗在得洛斯岛上修建了一座金碧辉煌的神庙。在众多神庙中，这座神庙格外引人注目。

阿波罗是个孝顺的孩子，他每隔一段时间，就会离开希腊，去看望他的母亲。他的母亲勒托住在一个比北极更遥远的神秘地方，那里阳光普照，是一片乐土。

去往这片极乐之地的旅途虽然漫长，但充满了乐趣。两只雪白的大天鹅拉着阿波罗的太阳车，轻快地飞翔在云端，不一会儿就将希腊远远地甩在身后。他不停地向北赶路，没多久，就看到了从天空中落下的第一场雪。大雪覆盖着山顶，像是给高山们戴上了一顶顶白帽子。渐渐地，地上的雪越来越厚，整个大地像被罩上了一个白毯子。不过，在高高的云端之上，阿波罗飞行的地方仍像春天一样温暖，两只白天鹅永远不知疲倦地拉着太阳车飞速前行。继续向北飞翔，地上的雪开始变得越来越薄，最后，阿波罗终于飞越了北极，到达了目的地——一个永远都闪耀着金色阳光的地方。

这是一片北方的净土。这里一年四季都是春天，花儿五颜六色，泉水叮叮咚咚，到处都沐浴着和平的光芒。当阿波罗走下太阳车，踏上青青的草地，鸟儿们便用力扇动翅膀，一起放声歌唱。它们的歌声是那么动听，几乎可以和阿波罗拨动竖琴时发出的天籁之音媲美了。

与此同时，在遥远的希腊，因为光明之神阿波罗的离开，天空乌云密布，寒冷的冬天到来了。人们围挤在火堆旁，耐心地等待阿波罗的归来，等待着冬天的结束。当光明之神重新回到希腊，他将用灿烂的光芒赶走阴沉沉的乌云，送给人们一个温暖而明媚的春天。那时，人们会举行各种盛大的宴会来感谢光明之神，歌唱太阳、光明和欢乐的生活。

阿波罗热爱生命中一切美好的事物。有一天，他在德尔斐用金箭练习射击的时候，爱神阿佛洛狄忒的儿子厄洛斯来了。这个小调皮鬼长着一对翅膀，他正在寻找机会让阿波罗坠入爱河。

阿波罗一箭射中了挂在远处树枝上的苹果，厄洛斯看到了，便举起自己的弓，也瞄准了那个苹果。

"快走开，小家伙，"阿波罗有些不耐烦地说，"别不知天高地厚地来挑战我的箭术。"

"我知道你百发百中，不过，我也从来没有失过手啊。"厄洛斯恼怒地回答。说完，他张开翅膀飞到了帕耳纳索斯山的山坡上。他从箭筒中抽出两只箭，一支是金箭，一支是银

箭。金箭能让人产生强烈的爱意，银箭则让人感到害怕和厌恶。然后，他将金箭射入阿波罗的心脏，又将银箭射向了刚好经过的河神珀纽斯的女儿——仙女达芙妮。

被金箭射中的阿波罗一看到达芙妮，就被她那可爱的面庞和高雅的身姿深深地吸引住了。他快步走上前去，要向心爱之人表达爱意。

可是，被银箭射中的达芙妮一看到他，就感到恐惧和厌恶，她马上跑开了。阿波罗想要再次靠近她，她却匆匆忙忙跑得更远了。这时，阿波罗像着了魔似的在她后面拼命追赶，大声呼喊着让她停下，她却越跑越快。厄洛斯射出的两支箭都开始起作用了。

"停下吧，我求你了，请你不要再跑了，"阿波罗恳求道，"我不会伤害你的。"但仙女仍旧跑得飞快，躲避他的追赶。阿波罗只得继续追赶她，一边追，一边请求她停下脚步。

"可爱的达芙妮，别害怕！"他喊道，"你为什么要逃跑呢？还跑得那么快，好像有凶猛的野兽追着你一样。我又不是魔鬼，我是宙斯的儿子阿波罗。我求求你，不要再像只受惊的小鹿一样跑个不停了！"

然而，达芙妮并没有停下脚步。有那么几次，阿波罗和她离得很近，眼看就要抓住她了，但她又猛地往前跑了几步躲开了。阿波罗只得再次伸出手去捉她，可是她再一次像只惊恐的蝴蝶一样逃脱了。

不过，阿波罗依然不愿放弃追求达芙妮，爱情之箭在他心中燃起的火焰不会轻易被扑灭。

"她坚持不了多久的。她迟早会累的，到那时，我就能捉住她了。"阿波罗一边自言自语，一边不停地追赶着达芙妮。

果然，达芙妮终于跑累了，脚步也慢了下来，阿波罗离她越来越近。眼看意中人就在眼前了，阿波罗伸出了双手。

"噢，众神啊！大地母亲啊！"达芙妮绝望地喊道，"为什么要让阿波罗抓住我？我讨厌他！我宁愿变成一块岩石或是一棵树，也不愿成为他的妻子。"

达芙妮的话音刚落，她的双脚就变成了树根，牢牢地扎进土地里。她的头发和胳膊上开始长出树枝和树叶，而她的整个身体则变成了树干。转眼间，这位可爱的仙女就变成了一棵满是芬芳气息的树，也就是我们今天所熟悉的月桂树。这时，阿波罗才发现，自己并没有抱住达芙妮，自己抱住的，只是一捧树叶。

这位金发的神灵痛苦极了。想到自己深爱的达芙妮就这么因为自己消失了，他既伤心又自责。他含着眼泪，忧伤地抚摸着芬芳的月桂树，轻轻折下一小段枝叶，编成了一顶花环，戴在头上。阿波罗永远都不会忘记这位又可爱又倔强的仙女，因此，他的头上常常戴着一顶用月桂枝做的花环，以此来怀念曾经的爱人。

在众多神灵中，最英俊的就数阿波罗了。但这个金发小伙子一直没有结婚，他一直按照自己喜欢的方式生活着。不过有一次，他倒是动了结婚的念头。

那个令他心动的女孩名叫玛尔珀萨，是埃托利亚国国王的女儿。她的父亲厄维诺斯是一个勇敢的战士，对自己的女儿要求严格。

他宣布，只有在战车决斗中打败他的勇士才能迎娶他的女儿。

玛尔珀萨长得非常美丽，又有一笔丰厚的嫁妆，所以一开始，有许多人鼓起勇气来挑战厄维诺斯。不幸的是，他们最终都死在了厄维诺斯的战车之下。

现在，没有人敢再来求婚了。直到有一天，一位英俊勇敢的青年骑着一匹名叫珀伽索斯的飞马出现在玛尔珀萨面前。他就是迈锡尼的王子伊达斯，一位在战场上从来没有打过败仗的大英雄。

如果要嫁给杀死自己父亲的人，玛尔珀萨宁愿一辈子都不结婚。可是现在，伊达斯来了，他那么勇猛，肯定能打败自己的父亲。所以，当这位举世闻名的大英雄出现在她面前时，她吓得说不出话来。

"听我说，美丽的公主，"伊达斯看出了玛尔珀萨眼中的恐惧，温柔地对她说道，"我不是来杀你父亲的，我既不想要他的财富，也不想要他的王座，我是为你而来的。来吧，趁现在天还没亮，我们悄悄地离开这里吧。"

玛尔珀萨听到伊达斯真诚的话语，非常开心，立刻同意与他离开。于是，伊达斯将她抱上飞马，一下子冲上天空，飞向迈锡尼。

当厄维诺斯发现女儿跟着伊达斯偷偷跑了之后，马上跑到阿波罗那里求助。阿波罗也爱慕玛尔珀萨，二话不说便同意帮忙。于是，二人立即出发，前去追捕那对逃跑的恋人。

但不幸的是，在二人经过吕科尔马斯河时，国王厄维诺斯不小心被湍急的河水冲走了。阿波罗跳进河里将他救出来，可是一切都太晚了，厄维诺斯已经死了。阿波罗对着厄维诺斯的遗体发誓，他一定会将玛尔珀萨夺回来，并且娶她为妻。他还对死去的厄维诺斯承诺，尽管他死了，但他的名字将会流传千古。自此之后，这条河就被更名为"厄维诺斯河"。说完这些话，光明之神重新出发，追赶伊达斯。伊达斯还没来得及到达迈锡尼，就发现阿波罗站在了自己面前。

伊达斯马上就猜到阿波罗为什么而来，但他没有丝毫胆怯和退让，而是迅速将玛尔珀萨护在自己身后，以免她受到伤害。这个年轻人表情严肃而坚定，看来，他已经准备好迎接一切挑战。这位不愿意与凡人厄维诺斯决战的年轻人，

此刻却毫不犹豫地对抗一位神灵。不一会儿，双方便扭打在一起。

这真是一场不分伯仲的持久战。伊达斯虽然不是神灵，却比狮子还要强壮，丝毫不输给阿波罗。二人实力相当，一时竟难以分出胜负。不久，宙斯注意到了这场战斗，他决心制止他们。然而，这二人打得难解难分，似乎根本没有办法将他们分开。最后，宙斯不得不在两人中间扔下一个霹雳，这才使他们停了下来。

两人匆忙来到宙斯面前，宙斯命令他们说出这场打斗的原因。

"宙斯啊，我的父亲，"阿波罗说，"我想娶玛尔珀萨为妻，可这个凡人竟然抢走了她，这可是大不敬的行为！"

"众神和人类的父亲啊，"伊达斯马上回答，"玛尔珀萨是我的妻子，无论如何我都不会将她让给别人。"

宙斯思考了一会儿后，转向玛尔珀萨，对她说："美丽的公主，你完全有权选择自己喜欢的人作为丈夫。我向你保证，无论你怎么选择，我都会满足你的愿望。"

玛尔珀萨恭恭敬敬地谢过宙斯，然后，她转向光明之神，说道："阿波罗，您是高贵的神，可以永葆青春，我却不能。总有一天我会变老，那时您就会嫌弃我。伟大的宙斯啊，我知道自己注定要嫁给杀死父亲的人，所以，这么多年来，我一直过得很不开心。在所有的求婚者中，只有伊达斯是因为爱我才来的，也只有他表现出了不平凡的能力和勇气。我爱他，我愿意成为他的妻子。"

就这样，阿波罗遵从了宙斯的意愿，成全了玛尔珀萨和伊达斯。他对玛尔珀萨的理智和伊达斯的勇敢表示敬佩，并真心地祝福他们。

阿波罗从来不知道什么是忧伤——可是，如果没有那把能帮他赶走烦恼、带来平静和欢乐的竖琴，他还会这样吗？每当奥林匹斯山上的神灵们聚集在一起的时候，他便会弹起竖琴。当他的手指开始轻轻拨弄那奇妙的金色琴弦，九位缪斯女神便会欢快地来到他的身边，伴随着琴声而歌唱，整个奥林匹斯山上便会回响起甜美而动听的旋律。而当奥林匹斯山上响起这优美的旋律时，人世间所有的不幸便会销声匿迹。

第十三章

信使
赫尔墨斯

现在，让我们来讲讲古灵精怪的赫尔墨斯的故事吧。赫尔墨斯是宙斯和迈亚的儿子，也是所有神灵中最狡猾的那一个。他出生在库勒涅山的一个小山洞里。这个小调皮，一睁开眼睛就开始恶作剧。由于他是一位神灵，一生下来就拥有无穷的力量，所以，当他还躺在摇篮里的时候，就已经常常捣蛋戏弄人了。

也不知道阿波罗对赫尔墨斯做了什么，竟让这个小调皮产生了偷他的牛的念头。不管是为什么吧，总之有一天，还是婴儿的赫尔墨斯爬出摇篮，来到了皮瑞亚，阿波罗就是在这里负责看管众神的牛群的。

狡猾的赫尔墨斯偷偷地从阿波罗那儿偷走了五十头小母牛，并且神不知鬼不觉地把它们带到了伯罗奔尼撒半岛。他所用的方法妙极了，整个偷牛的过程天衣无缝，没有被任何人发现。

刚走没多远，他就将所有小母牛的蹄子都撬了下来，然后再反着装回去。他还将自己的鞋扔进大海，很快又给自己做了一双特别的鞋子。普通的鞋子脚趾处是尖的，脚后跟是圆的；而这双鞋子刚好相反，脚后跟是尖的，脚趾处是圆的。这样一来，如果有人根据路上留下的脚印去追赶他和牛群，就会走到相反的方向，离他越来越远。你说这个小家伙狡猾不狡猾？

走着走着，赫尔墨斯遇见一位白发苍苍的老人。

他担心老人会泄露自己的行踪，便送了一头小牛给他，并对他说："无论你看到什么、听到什么，都请装作没看见、没听见，好吗？"

"没问题。"老人痛快地回答道。只要装聋作哑就能获得一头小牛，如同天上掉了馅饼。

赫尔墨斯继续赶路，但他心里其实不太信任那位老人。

"如果他把这件事情说出去，那这游戏就不好玩了，"小赫尔墨斯心里直犯嘀咕，"我最好回去试探试探，看他是不是真的能说到做到。"

于是，他将牛群藏在树林里，摇身一变，成了一个猎人，返回去找到老人，问道："你有没有看到一个小男孩牵着五十头牛从这里路过？如果你看见了，请告诉我他往哪个方向去了，我将会送你一头公牛和一头母牛作为酬谢。"

老人觉得这份酬赏听起来也挺不错，便违背了自己的诺言，毫不犹豫地为"猎人"指出了方向。

"你这个骗子！"赫尔墨斯大声叫了起来，"我现在就让你见识一下你骗的是谁，让你尝尝我的厉害！"

说着，大地开始剧烈摇晃起来，一块巨大的岩石从山坡上滚了下来，正好砸在老人身上。不管你信不信，那块石头变成了老人的模样——只不过，"他"再也不能骗人了。

如果有一天，你来到伯罗奔尼撒半岛，也许能看见这块石头，它的形状会让你想起老人的故事。也许正是因为有了这块石头，才有了我们今天讲的这个故事吧。

现在，让我们再回到故事中。

狠狠地惩罚了不守信用的老人之后，赫尔墨斯回到树林里，找回了牛群，将它们赶到皮洛斯附近。在那儿，他打算宰两头小牛献给众神。但是哪里有火能将它们烤熟呢？这点小事根本难不倒聪明的赫尔墨斯，不一会儿，他就想出了一个好办法。他捡了两根十分干燥的月桂树枝，不停地将它们相互摩擦，直到擦出火花来。火的问题解决了！他将两头宰好的牛架起来，放到火堆上烤，烤熟之后，又将牛肉分成十份，献给每一位神灵——当然，除了阿波罗！既然所有神灵都吃了牛肉，谁还会出卖他呢？赫尔墨斯自己什么也没吃，他只要闻一闻烤肉的香味就满足了。

然后，赫尔墨斯把剩下的牛全部藏进一处山洞。做完这一切后，他便高高兴兴地回家，爬回自己的摇篮里去了。

他的母亲迈亚一见到他，便问他干什么去了，为何一整天不见人影。赫尔墨斯呢，也毫不隐瞒，扬扬得意地将自己的恶作剧告诉了母亲。

"你这个傻孩子啊，"迈亚惊叫起来，"你就不怕阿波罗吗？你难道不知道他的金箭向来百发百中？你都干了些什么啊！"

"我才不怕阿波罗，"赫尔墨斯小嘴一撇，"如果他因这件事小题大做的话，我就把他的德尔斐神庙洗劫一空，到那时，您就看看大家都怎么取笑他吧！"

而在皮瑞亚，阿波罗发现他的牛群不见了，便开始四下寻找。很快，他发现了牛的蹄印，还有一个小孩儿的脚印。他顺着脚印一路寻找，却惊讶地发现脚印把他又带回到起点。他还从来没有遇到过这么狡猾的小偷！阿波罗没有别的办法，只能寻求神谕的帮助。

　　在众神之中，阿波罗是最擅长解读神谕的，而神谕显示的所有迹象都表明是赫尔墨斯偷了他的牛，并将它们藏在皮洛斯附近的一处山洞。阿波罗马上动身赶到那里。在洞口处，他再次发现了牛的蹄印和小孩儿的脚印。但是，所有的足迹都是朝着洞外走的，这表明，牛已经被带走了，山洞是空的。

　　"他一定是比我早一步来到这里，又把牛群赶到其他地方去了。"阿波罗想。这一次，他又被这些前后颠倒的足迹欺骗了，甚至都没走进洞里看看，就转身离开了。

　　阿波罗十分急躁，不想再浪费时间了。他纵身一跃，不出几秒就飞到库勒涅，找到了还躺在摇篮里的赫尔墨斯。

　　"说，你到底把牛群藏哪儿了？"阿波罗怒吼道，"快说，不然，我就把你

扔进塔尔塔罗斯的黑暗深渊里去!"

可是,想要从这样一个古灵精怪的小家伙嘴里撬出答案,几乎是不可能的。赫尔墨斯就像一个无辜的小婴儿,装出一副很委屈的表情,回答说:"我不知道啊——我昨天才出生的!"

但是,他说的话阿波罗一个字都不信。

"快给我起来,你这个小偷!"阿波罗抑制不住心中的怒火,大声吼道,"我现在就把你带到宙斯那儿去。这次你的诡计不会再得逞了!你等着瞧吧!"

然而,赫尔墨斯还是躺着一动不动,这下阿波罗更加生气了。最后,他彻底失去了耐心,一把将这个小神灵从摇篮里抓了起来,拎着他朝奥林匹斯山飞去。

"好吧,好吧,"赫尔墨斯叫道,"我又没说我不去,你用不着这么粗鲁地对待我吧?"而阿波罗刚把他放下,他又说道:"等我们到了宙斯那儿,你就会后悔刚才叫我小偷了。"

很快,他们便找到了宙斯。可是,就算是当着这位奥林匹斯山的主人、也就是他和阿波罗共同的父亲的面,

赫尔墨斯还是那么放肆，仍然不肯承认他的偷窃行为。

"您心如明镜，"赫尔墨斯对宙斯说，"我没有偷阿波罗的牛。"

宙斯当然对这件事情一清二楚。他打断了两人的争吵，用十分严厉的口吻命令赫尔墨斯马上带阿波罗把牛找回来。

事到如今，赫尔墨斯还能怎么办呢？宙斯的命令可不是儿戏——于是，他带着阿波罗来到皮洛斯附近的那个山洞。

阿波罗往地上一看，又看到了那些指向洞外的蹄印。他忍无可忍，大发脾气："我看你还想继续蒙骗我！你到底把牛群藏哪儿了？现在就带我去，否则，我就……"

"别发火，不要那么激动嘛！"赫尔墨斯安慰他说，"你进来啊。"他拉着阿波罗的手走进洞里。

当看到牛群就站在自己面前时，阿波罗简直不敢相信自己的眼睛。谁能想到世上竟有这样的诡计？他竟然被一个刚出生的小婴儿捉弄了！阿波罗的自信心受到了很大打击，他又羞又恼，满脸通红，忍不住想要狠狠揍这个小子一顿。

但是，赫尔墨斯像什么事情也没有发生一样，他拿出一把奇形怪状的竖琴，弹了起来。没想到，那旋律非常优美，阿波罗听得如痴如醉，满腔的怒火立刻消失得无影无踪。也难怪，阿波罗自己可是音乐之神！

"这个奇怪的乐器竟能奏出如此美妙的声音！"他惊叹道，"究竟是哪一位缪斯女神的音乐，竟然可以这么轻而易举地平息心中的愤怒呢？"

如果说音乐平息了阿波罗的怒火，那么，它对赫尔墨斯产生了更大的影响。赫尔墨斯感到自己的内心发生了变化。现在，他开始为自己的恶作剧感到内疚了，他诚心诚意地说："我错了，我不该捉弄你。"

他把自己的竖琴递给阿波罗，继续说道："如果你已经原谅了我，就请收下这把琴吧。这是我亲手用空的乌龟壳做的，你刚刚也听到了，它的琴声有多么美妙！"

对音乐之神来说，这可是最好的礼物，也正是他想要的。阿波罗十分开心，他发誓，众神之中，没有谁能超过赫尔墨斯在他心中的地位。而当赫尔墨斯把琴送给阿波罗时，也将自己身心的一部分献给了阿波罗。这样的感觉让他很高

兴，因为他明白了，只有真心付出才能赢得朋友。两人都为获得这份新的友谊而感到万分喜悦。

离别时，阿波罗想了片刻，对他的新朋友说："赫尔墨斯，你把牛群带走吧。我希望你能收下这份礼物。如果你也希望我们的友谊天长地久，就请不要拒绝。"于是，在相互交换礼物之后，两人就高兴地告别了。

赫尔墨斯的第一次恶作剧就这么结束了。不过，这可不是仅有的一次。这个小家伙总是那么淘气，有一次，他把海神波塞冬的三叉戟藏了起来；又有一次，他偷走了战神阿瑞斯的宝剑；还有一次，他甚至把他父亲宙斯的权杖藏了起来，如果不是宙斯马上找回了权杖，还不知道谁会被冤枉呢。

不过，赫尔墨斯也因为自己的调皮捣蛋受到过惨痛的教训。那一次，还是孩子的他去偷父亲的霹雳，但在碰到霹雳的一刹那，它们就爆炸了，一时间烈火炎炎、雷声滚滚。小赫尔墨斯的手指被烧伤了，他慌了神，大哭起来。然而，这一切与他父亲的咆哮相比，实在是小巫见大巫。这一回，赫尔墨斯才真正意识到自己犯了大错，同时为自己的愚蠢行为感到十分羞愧。

当然，赫尔墨斯可不只是会调皮捣蛋，他也可以把自己的足智多谋用在正道上。在之前的故事里，我们曾经讲过，他从提丰那儿偷回了宙斯四肢的肌腱，将它们重新缝到宙斯的四肢上，从而帮助宙斯打败了那个可怕的怪物。

事实上，在机灵、智谋和敏捷方面，没有人能比得上赫尔墨斯。他的两只脚踝上长有翅膀，眨眼之间就能飞到世界的尽头。

正因如此，他不仅是众神的信使，还是宙斯的使者，为他传达各种旨意。因为他能力出众，宙斯总是交给他最困难的任务。但无论宙斯让他做什么，机敏的赫尔墨斯总是能迅速而出色地完成任务。

赫尔墨斯自己聪明狡猾，也喜欢像他一样聪明狡猾的人，因此他成了以狡黠著称的商人和律师的保护神。利用手中的信使权杖，他为受他保护的人带来财富和幸福。

甚至还有人说赫尔墨斯包庇小偷，但是这些小偷大多数都没有好下场。于是，他们便怪罪赫尔墨斯，责怪他当初对他们听之任之、不加管束。

赫尔墨斯还保护劳动者、农民，尤其是牧民。我们知道，当他还是幼儿的时候，就已经拥有了自己的牛群。而他戴的帽子也和牧民的一模一样，只不过上面多了一双翅膀。

赫尔墨斯年轻英俊，体格健壮，热爱田径运动，因此，他也是运动员的保护神，确保比赛的公正。这就是我们常常在跑道的四周发现赫尔墨斯的雕像的原因。

在一些主要道路的十字路口和路边，有许多刻着赫尔墨斯半身像的石柱，供过路的旅行者休息。靠着这些石柱，他们便能得到赫尔墨斯的保护，可以安心地打盹、休息，因为没有强盗敢来打劫一个在赫尔墨斯石像下休息的旅行者。

这些石柱上还刻有道路信息，这对那些从未走过这条路的旅人来说很有帮助。而且根据习俗，在石柱下休

息过的人都会体贴地留下食物，以帮助那些后来的饥饿的旅行者。

赫尔墨斯机敏又温和，是森林仙子们最喜爱的对象。西西里的一位仙子还为他生了一个儿子，但是，这位无情的母亲抛弃了自己的孩子，将他扔在了月桂树丛中。

几位善良的水中仙子在月桂树丛中发现了这个婴儿，并给他取名为达佛尼斯。在仙子们的精心呵护下，达佛尼斯长成了一位出色的牧民。他热爱音乐，从羊腿人身的牧神潘恩那儿学会了吹排箫。达佛尼斯会自己写歌、编曲并用排箫吹奏出来。

在这些歌曲中，他赞颂的都是牧民的生活和美丽的森林、山川、田野，所以人们通常把他看作世界上第一位田园诗人。达佛尼斯创作的乐曲和诗歌不仅让他举世闻名，也给他的父亲带来了好名声，因此，赫尔墨斯非常喜欢这个儿子。

仙女丽丝爱上了这位俊美而高贵的牧人，他们成了整个西西里最般配、最幸福的一对。丽丝有一副甜美的嗓音，她和达佛尼斯一人歌唱，一人演奏，能与缪斯女神的歌声和潘神的箫声相媲美。

尽管一切都是那么完美，似乎没有什么能破坏他俩的幸福，丽丝却整日忧心忡忡——她担心总有一天会失去自己心爱的人。

"我最亲爱的达佛尼斯，"她说，"我越是幸福，就越是感到害怕。我经常感觉到这种幸福会被打破。我真的害怕失去你，达佛尼斯，我宁愿死也不想失去你啊。"

"亲爱的，"达佛尼斯安慰她说，"只有神才知道我们的命运。如果我死了，你要怀着勇气坚强地活下去；但只要我活着，我就决不会忘记你。我向神灵发誓，如果我为了其他女人而抛弃你，我会让你亲手弄瞎我的双眼。"

然而，就在第二天，命运让这些不可能发生的事都发生了。

达佛尼斯外出打猎，追赶猎物累了，于是坐下来一边靠在石头上休息，一

边拿出排箫开始吹奏。在附近茂密的树林里，隐藏着一座富丽堂皇的宫殿。此刻，有位公主正坐在一扇打开的窗前，一阵阵轻风将达佛尼斯美妙的箫声送入她的耳畔，她立刻被深深地吸引住了，沉醉在这美妙的音乐中。

当最后一个音符也消失在风中的时候，公主跑下台阶，站在宫殿门前四处张望，希望能一睹演奏者的风采。与此同时，达佛尼斯感到口干舌燥，他站起身来，在正午的阳光下穿过森林找水喝。突然，他发现自己不知不觉中来到了宫殿门前，正好看见从里面跑出来的公主。

公主对这位手拿排箫的英俊青年一见钟情，便邀请他到宫殿里来。

"只要给我一点水解渴就好，"达佛尼斯拒绝道，"然后我就要上路，美丽的公主，我不能再逗留了，我的爱人等着我回家呢。"

然而，这位公主可不是一个普通的女人，她精通巫术。为了留住达佛尼斯，她在水中加了几滴用遗忘草制成的魔法药水。

接着，她回到门口，微笑着将水递给达佛尼斯。

就在这时，突然刮起一阵风。树上的叶子沙沙作响，仿佛有个声音在说："不，达佛尼斯！别喝！你没看见她的眼睛吗？那

是一双只有女巫才有的眼睛，达佛尼斯！"

然而，达佛尼斯实在太渴了，一心只想赶快喝到水。他伸出双手，接过水杯。

"达佛尼斯！不要喝啊，达佛尼斯！"声音再次响起，"不要喝下那杯遗忘药水，你会把我们全忘了！"

"一定是风声，"达佛尼斯摇摇头，自言自语道，"这里除了我和公主之外没有别人。而且，我太渴了，好想喝水啊。"然后，他举起杯子，一饮而尽。

就这样，达佛尼斯不再口渴了，但同时，他也忘了他的爱人和他对神灵许下的誓言。他完全忘记了一切。

公主牵着他的手一起走进了宫殿。

丽丝在家等啊等啊，时间一分一秒地流逝，却迟迟不见达佛尼斯的身影。她非常焦急，便开始到处寻找她的爱人。有一天，她偶然来到了宫殿的大门前。门口站着两名侍卫。

"我在找达佛尼斯，他有着天籁般的歌喉，身上还带着排箫，"丽丝哭着问道，"你们有没有见过他啊？"

"别再找达佛尼斯了。他现在已经是公主殿下的爱人了，忘了他吧，就像他已经把你遗忘了一样。"其中一个侍卫意识到她就是丽丝，便如此回答。

他的话音未落，丽丝便疯了似的冲进宫殿。人们还没来得及拦住她，她就站在了达佛尼斯面前。

达佛尼斯一看到她，就像被雷劈中了一般，从一场可怕的噩梦中惊醒。

"丽丝……"他结结巴巴地叫出了她的名字。

"誓言，你的誓言，噢，神灵啊！"丽丝绝望地哭喊——她的两道目光好像燃烧的火焰般射进达佛尼斯的双眼。

达佛尼斯惊恐地睁大了眼睛。突然，一阵刻骨铭心的刺痛传来，他疼痛难忍，下意识地闭上了眼睛。当他再次睁开眼睛时，却什么也看不到了。

达佛尼斯瞎了。他跌跌撞撞地跑进森林，又吹起了排箫。曾经欢快而甜美

的箫声，现在变得苦涩而悲伤。

有一天，达佛尼斯漫无目的地在森林里游荡，明明是正午时分，阳光灿烂，他却什么也看不见，只能在黑暗里摸索。一不小心，他从岩石上摔了下去，失去了生命。

达佛尼斯死后，赫尔墨斯找到了他的遗体并带回了奥林匹斯山。就在那块岩石下面，他跌落的地方，涌出了一股清泉。一直到今天，西西里的人们还会指着这眼泉水说，在那叮叮咚咚的泉水声中，依稀可以听到达佛尼斯的排箫声呢。

第十四章

酒神
狄俄尼索斯

很久以前，在宙斯还是天地间强大的统治者时，在希腊，每个城市都会举办节庆纪念狄俄尼索斯。虽说有些城市有自己崇拜的神祇，比如雅典崇拜雅典娜、德尔斐崇拜阿波罗、科林斯崇拜波塞冬，可每个城市的人民都会崇拜狄俄尼索斯。这是为什么呢？要知道，其他希腊神灵可从来没有得到过如此高的殊荣。

其实，人们对狄俄尼索斯的崇拜远传八方，这并不奇怪，也是意料之中的事。他是宴乐之神、行乐之神，更是酒神，人们为了纪念他而欢庆，生活因此更加甜蜜。

狄俄尼索斯是宙斯与塞墨勒之子，他的外公是底比斯城的创建者卡德摩斯。狄俄尼索斯的诞生方式非比寻常，据说他经历了两次分娩，才来到这个世界。至于为什么这么说，我们后面会讲到。

塞墨勒公主可爱貌美，人们都说，就连奥林匹斯山上的女神们也不及她的美丽和优雅。

宙斯也惊叹于塞墨勒公主的美丽。作为天地之王，宙斯毫不费力地赢得了她的芳心。

没过多久，塞墨勒就怀上了宙斯的孩子，他就是狄俄尼索斯。按理说，准妈妈都会沉浸在即将成为母亲的喜悦之中，塞墨勒却一天比一天烦恼。

宙斯的妻子赫拉十分嫉妒美丽的塞墨勒。有一天，这个善妒的女人为了报复公主，出现在塞墨勒面前，说："宙斯从来就没爱过你，所以他从来不会在你面前展现神的真面目。你要是不信，就让他以神的姿态出现在你面前，他肯定会拒绝你。到时候，你就知道我有没有骗你了。"

塞墨勒显然没有洞察到赫拉的险恶用心。等她再次见到宙斯时，请求他答应自己的一切要求。对塞墨勒和赫拉的对话一无所知的宙斯答应后，塞墨勒说："你从来没以神的姿态出现在我面前，永远都是凡人的姿态。是的，你英俊潇洒、仪表堂堂，可也还是跟我一样的人。你能不能以宇宙主宰者的姿态站在我面前，让我领略一次你的王者风范？"

"你这个愚蠢的女人啊，"宙斯说，"凡人是无力承受面对神灵的力量的。换一个要求吧，除了这个，什么都行，这个要求只会让你自取灭亡。"

塞墨勒原本还半信半疑，宙斯的解释加深了她的怀疑。"赫拉说得对，"塞墨勒绝望地喊道，"别的我什么都不想要！你要是爱我，就答应我这个要求！"

宙斯别无选择，只得显出自己的真容。

"不幸的凡人啊！"他喊道，"这就是人类与众神之王宙斯！"

就在这时，卡德摩斯的宫殿里光芒万丈，统治着诸神与人类的伟大宙斯出现在了塞墨勒面前，威风凛凛，令人目眩。宙斯手握闪电，闪电立刻从他手中射出，点燃了整个宫殿。熊熊火焰之中，地面开始颤动，宫殿也随之摇动，很快就在火焰中化为灰烬。

被火焰包围的塞墨勒倒在地上，就在她临死前，生下了狄俄尼索斯。

宙斯难过地抱起了狄俄尼索斯，狄俄尼索斯在母亲的肚子里还没待上六个月。为了挽救他的生命，宙斯划破了自己的大腿，把狄俄尼索斯放在里面，直到足月再取出。六个月后，狄俄尼索斯再次降生到这个世界上，只不过这一次，他是从父亲的大腿里生出来的。

就这样，狄俄尼索斯第二次出生时，生他的不是凡人母亲，而是世界的统治者——宙斯。虽然狄俄尼索斯的母亲是凡人，可狄俄尼索斯也成了神。

宙斯将年幼的狄俄尼索斯交给善良的森林精灵许阿得斯姐妹抚养。许阿得斯姐妹对狄俄尼索斯爱护有加，悉心呵护着他长大。

后来，为感谢许阿得斯姐妹对狄俄尼索斯的照顾，宙斯将她们升上天空，位列群星之间。在那里，她们变成了毕宿星团。

狄俄尼索斯长大后，成了一位英俊潇洒、魅力十足的神灵。无论走到哪里，快乐的他总会受到人们的热烈欢迎。

他教会人类如何种植葡萄，在他的指导下，人们学会了照料葡萄园和酿制葡萄酒，美酒觥筹、歌舞升平，这让人们的生活充满欢声笑语。

狄俄尼索斯不喜欢住在奥林匹斯山上，他更喜欢在人间游走。他常头戴常春藤冠，手握常春藤制成的酒神杖，杖顶缀着松果球。

在英俊潇洒又欢乐慈爱的酒神身后，常常会跟着一群无忧无虑的追随者。

这些追随者的长相都非常奇特。那些半人半兽的森林之神有的头上长角，有的长着山羊的后腿，还有的身后长有马尾。很多森林之神都和狄俄尼索斯一样，头戴常春藤冠。他们有的边走边击钹，有的在吹笛子，还有的在歌唱。他们都和狂野的森林精灵酒神侍女一起，跳着欢快的舞蹈。在他们身后，通常会跟着一辆装满葡萄酒的驴车，大家边走边喝，举杯共庆。

这其中一定少不了羊腿人身的牧神潘恩的身影。每当潘恩吹起排笛，这支喧嚣的队伍就会安静下来。他的笛声仿佛有种魔力，让那些原本载歌载舞的山神和精灵们立刻停下来，聚精会神地聆听美妙的笛声。

欢声笑语的人群中有个人显得有些与众不同，他总是会跳上几步滑稽有趣、东倒西歪的舞步——这个人就是狄俄尼索斯的导师西勒努斯，少言寡语的他骑着一头小毛驴跟在队伍后面。虽然早已过了跳舞行乐的年纪，他还是不愿离开这支轻松愉快的乐队，因为他太爱狄俄尼索斯了；当然，还因为喜爱狄俄尼索斯酿造的美酒。

就这样，狄俄尼索斯和他的同伴们周游世界，同时也教人们耕种葡萄、酿葡萄酒，教人们唱歌和享受生活。

无论狄俄尼索斯走到哪里，人们都会热情地款待他。人们为他修建圣坛，举办盛大的宴会，载歌载舞来赞颂这位伟大的神灵。

不过，仍有少数人不认同狄俄尼索斯的生活方式，也没有意识到快乐的价值。这些人根本不明白，在这个世界上，没有谁能抵挡得了快乐的力量。

世界上第一个种植葡萄的凡人是卡吕冬国王俄纽斯。一开始，狄俄尼索斯在俄纽斯的牧场附近种了几棵葡萄树。一天，一个叫斯达菲罗斯的牧羊人发现国王的羊群中有一只羊长得比其他羊都快，一天比一天胖。为了一探究竟，他跟在这只羊身后，发现它经常跑出牧场去偷吃某种灌木枝叶上的果实，这种挂在灌木枝上的一串串的果实他从未见过。好奇的他摘下几粒尝了尝，觉得味道很好，就采了几串献给俄纽斯。俄纽斯发现这种果实肉质多汁，就把它们榨成了饮料。正当他端起杯子，刚抿了几口时，狄俄尼索斯就出现在他面前，问他味道怎么样。

"非常好喝！"俄纽斯一边说着，一边请狄俄尼索斯到桌旁坐下一同品尝。随后，他命仆人为狄俄尼索斯准备丰盛的筵席。斯达菲罗斯自告奋勇地跳了出来，于是，在这位热心的牧羊人的带领下，仆人们准备好了一桌精美的饭菜。

大家宴饮完毕，心满意足时，狄俄尼索斯站起来说："你们用丰盛的宴席招待我，现在我要回报你们。"随后，他指向斯达菲罗斯采摘的水果，说："就用最先发现这种水果的人的名字给它命名吧！"狄俄尼索斯边说边用左手拿起一串葡萄，又用右手拿起一个盛满葡萄汁的酒杯，继续讲："那我们就叫它俄纽斯吧。"你可能已经猜到了，在希腊语中，"俄纽斯"和"葡萄酒"其实是一个意思，而"斯达菲罗斯"也成了希腊语中一种葡萄的名字。说完这些话，狄俄尼索斯才告诉大家这些葡萄是他自己种的，只要大家愿意，他还可以教大家如何栽种葡萄以及如何酿造葡萄酒，让所有人都能和他一样，共享美酒和欢乐。

"现在，朋友们，让烦恼和忧愁都烟消云散吧！"狄俄尼索斯高喊，随后举起酒杯一饮而尽。其他人也纷纷效仿，宫殿中的歌舞升平之夜就此开始。从那时起，葡萄酒成了人类庆典活动中的必备佳品。

葡萄酒的确会给人们带来欢愉，使人精神高涨，但有时也会带来不幸与悲伤。

一次，狄俄尼索斯路过阿蒂卡，受到了国王伊卡尔斯的盛情邀请。伊卡

尔斯的王宫位于潘提里山山脚下，那里到现在还以狄俄尼索斯的名字命名。

为了回报热情好客的伊卡尔斯，狄俄尼索斯便将种植葡萄和酿葡萄酒的技术传授给了他。不过，狄俄尼索斯告诫伊卡尔斯，一定要把葡萄酒藏起来，只能给最尊贵的客人品尝。

不知道伊卡尔斯是领会错了，还是根本就没把狄俄尼索斯的话放在心里，他把酿造好的葡萄酒放到了人尽皆知的地方。结果，一场灾难席卷了宫殿。有一天，国王伊卡尔斯手下的一些牧羊人打开了盛葡萄酒的酒囊，喝得酩酊大醉。紧接着，这群神志不清的醉汉冲进宫殿，在一番胡作非为之后，竟然把国王也杀死了。随后，他们将国王拖出宫殿，扔到一口井里，用石头把他埋了。

这位不幸的国王有个女儿，名叫厄里戈涅。就在她父亲遇害后不久，这个可怜的公主在她的小狗马尔拉的带领下走到井边。厄里戈涅看到这无端的杀戮，不禁悲痛欲绝，上吊自杀了。失去了主人的小狗马尔拉在厄里戈涅的尸体旁悲伤得日夜长嗥，最终也死在了厄里戈涅上吊的那棵大树下。

这场惨剧发生后，狄俄尼索斯和父亲宙斯为这不幸的三条生命感到惋惜。于是，他们将这主仆三人送到天上化作星座，免得他们坠入哈迪斯冥府的黑暗深渊。

自那以后，人们也从这次教训中明白了一个道理：酒不仅能带来快乐和欢愉，还会带来悲伤和厄运。

让我们也听听狄俄尼索斯的导师西勒努斯的看法吧，看看这位睿智的老人是如何描述狄俄尼索斯的丰功伟绩的。

一天，在狄俄尼索斯举行的一次狂欢中，喝醉了的西勒努斯走进了一个种满玫瑰的花园。柔软的草地和芬芳的花香让这位老人陶醉不已，没过多久他就沉沉地睡着了，连狂欢的队伍走远了他都浑然不知。

这座花园的主人是弗里吉亚的国王迈达斯。第二天一早，国王的园丁发现了花园中的西勒努斯，以为是小偷，就把他绑起来送到国王那里。

迈达斯一眼就看出了老人的身份，于是立刻命令手下为他松绑。随后，迈达斯邀请西勒努斯与他共享盛宴，希望西勒努斯能够原谅园丁刚才的冒犯。

两人酒足饭饱之后，西勒努斯渐渐恢复了精神，开始给迈达斯讲述狄俄尼索斯一行人的有趣经历，他把他们如何在漫长的旅途中传播美酒的故事以及在旅行中遇到的奇妙见闻都告诉了迈达斯。

"你能想象得到吗？"西勒努斯说，"在埃及，我们和提坦巨神打过一架。那时，我们已经游历了整个非洲，最远到了埃塞俄比亚。走到哪里，我们就把欢歌笑语播种到哪里。在利比亚，我们遇见了传说中十分好战的亚马宗女战士，不过她们并没有和我们打起来，还热情友好地款待我们，大家一起唱歌跳舞。后来，在她们的帮助下，我们才最终打败了提坦巨神，这群被提坦巨神赶出埃及的阿蒙神重新回到自己的神殿中。这是我们取得的首次胜利，随后胜利接踵而至。

"后来，我们还去了波斯和阿拉比亚。然后，我们一路向北，最远曾到达巴克特里亚。巴克特里亚位于亚洲内陆，那里有两条著名的大河：阿姆河和锡尔河。

"我们所到之处，都受到当地人民的热烈欢迎。我们给他们带去美酒，同他们一起跳舞狂欢。几乎所有人都想跟我们学习种植葡萄和酿造葡萄酒的方法。只有铁石心肠的大马士革国王不仅拒绝了我们的美意，还要和我们开

战。不过，事实证明，傲慢无礼和不敬神明从来都敌不过欢乐和微笑。我们打败了他的军队，狄俄尼索斯亲手杀死了他。就这样，在当地人的欢呼和赞美声中，我们走进了大马士革城。

"要说最难的，当属印度之行。为了渡过幼发拉底河，我们不得不用葡萄藤和常春藤上粗壮的藤蔓编织了索桥。后来，当地人就在那里建了座城，叫泽乌玛，也就是'渡河之地'的意思。现在，每当有客人来访，当地人还会向他们展示我们渡河时编织的绳索残片。

"后来，我们又被另一条河拦住了去路，也就是底格里斯河。正当大家一筹莫展的时候，万能的宙斯派来一头雄狮帮我们渡河。

"最后，我们终于到达了印度。可是，等待我们的不是友好的鲜花，而是凶狠残暴的士兵。起初，一看到我们这支奇怪的队伍，他们全都笑翻了，还不时对我们指指点点。可当我们拿起常春藤棒和宝剑进行反击、把他们打得

落花流水时,他们很快对我们肃然起敬。尽管这样,由于他们的负隅顽抗,这场恶仗还是打了整整三年。最后,我们用蛇和野牛攻击他们,野牛发出的吼声着实把他们吓破了胆,溃不成军。

"我们打败了印度人,不过他们并不完全服气,仍然把我们当死敌看待。可我们没有放弃,持之以恒地用快乐和善良感化他们。渐渐地,他们被我们的热情打动了,开始向我们学习怎样种植葡萄和开垦土地,以及如何把又大又甜的葡萄酿成美酒。直到第一批葡萄酒出窖、喝下第一口酒之后,他们终于和我们冰释前嫌了。他们不仅为狄俄尼索斯建造了祭坛,还举办了盛大的宴席和节庆活动来歌颂这位伟大的神灵。

"离开印度后,我们一路朝东走。走着走着,一条宽阔的大河出现在我们面前。河岸边上长有高高的树,树枝上挂着鲜嫩多汁的红莓。在河对岸的树上,还有更多我们从未见过的闪闪发亮的水果。大家纷纷伸出手,想从最近的树上

摘些果子尝一尝,这时狄俄尼索斯突然喊道:'别碰那果子!吃了果子的人,会腹痛不已,肝肠寸断而死!'

"听了这话,大家赶紧缩回了手。可是,当我们一转身,看到对岸阳光下闪闪发光的果子,嘴里的口水又流了出来。

"'那边的也不能吃!那边的果子吃了会让人返老还童。不!不是你们想的那样,请听我把话说完!无论是神灵还是凡人,只要吃下这些水果,就会越变越小——从年轻人变成孩子,再从孩子变成婴儿,最后就会从世界上消失!眼前所有的景象表明,这里就是世界的尽头,我们已经无路可走了。'

"于是,大家沿着原路返回。

"再说说我们的西方之旅吧。当我们从东方回来之后,没有停留,继续向西走,仍然是一边走,一边向沿途的当地人传授种植葡萄的方法。一路上,我们经过了意大利、加拉太和伊比利亚,最后甚至到达了西方的极乐群岛——传说中由赫斯帕里得斯看守的种有金苹果树的花园就在那儿。我们还见到了撑起天穹的力大无穷的擎天神阿特拉斯,并向他敬献了葡萄美酒。

"随后我们跨过广阔的海洋,来到一个完全陌生的大陆。这块大陆和世界其他地方都不

接壤，不和欧洲、非洲、亚洲相连。一踏上这片土地，我们就被它无与伦比的自然风光吸引。不过，更令我们称奇的是这里的居民。他们不仅长得俊美，而且身材魁梧。他们居住的城市也如同神话中的花园一般，高贵典雅又不失温馨。更奇妙的是他们有序的生活方式。这里的法律建立在友善和公平的原则之上，因此，生活在这里的人们互敬互爱，日子过得幸福而平静。

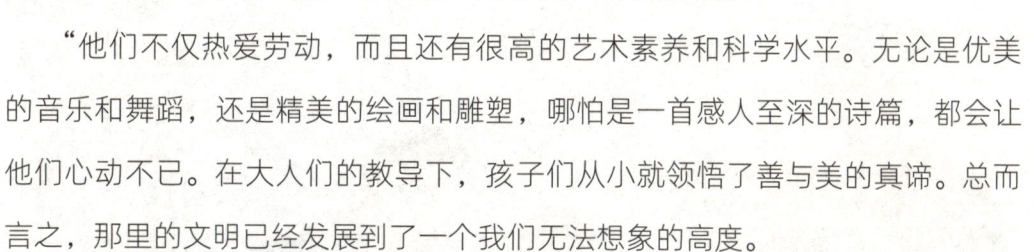

"他们不仅热爱劳动，而且还有很高的艺术素养和科学水平。无论是优美的音乐和舞蹈，还是精美的绘画和雕塑，哪怕是一首感人至深的诗篇，都会让他们心动不已。在大人们的教导下，孩子们从小就领悟了善与美的真谛。总而言之，那里的文明已经发展到了一个我们无法想象的高度。

"我们问他们怎么从没去过我们居住的地方，他们说：'我们只去过一次。当时我们听说你们那里有一片北方净土，风景优美，于是决定前去参访。我们建了艘能承载万人的大船，很快就出发了。可是当我们到达之后，所见所闻让我们大失所望。与我们所拥有的相比，那里的一切都显得太逊色了。无论是四周的景物，还是人们的生活方式，都是那么丑陋，根本无法与我们的相提并论。从那以后，我们就发誓再也不离开自己的家园了。'

"听到这些话,我们感觉很惭愧,生平第一次开始反思我们的生活。后来,我们离开了那里,却没给他们留下一瓶酒,因为我们知道他们不需要。即使没有美酒的相伴,他们的生活也不会缺少幸福和欢乐。"

说到这儿,西勒努斯停了下来。这样的故事讲也讲不完,可是迈达斯听得入了迷,一个劲儿地恳求西勒努斯,希望他能留下来,讲更多好玩的事儿。

于是,心地善良的西勒努斯答应了国王的请求,留下来给迈达斯讲了整整九天的故事。第十天的时候,西勒努斯决定离开,否则就赶不上狄俄尼索斯他们了。迈达斯怀着万分感激的心情,亲自把西勒努斯送回了他的同伴身边。

看到失踪很久的导师重新回到队伍,狄俄尼索斯很高兴。一时兴起的他对迈达斯说:"我可以实现你的一个愿望,无论什么我都会答应你。"

迈达斯不假思索地说:"无所不能的狄俄尼索斯啊,让我拥有点石成金的法力吧。"

"我还以为你是个聪明人呢,"年轻的神灵略有悲哀地说,"不过既然你这么要求了,那我只好答应你。"说完这些话,他就带着西勒努斯离开了。

狄俄尼索斯一离开，迈达斯就赶紧从旁边的无花果树上折下了一根树枝，结果它真的变成了金树枝。他又从地上捡起一块石头，结果石头也变成了金的。接着，他又从树上摘了一个苹果，转眼之间，手中的苹果就泛起了金光。这时，他洗了洗手，结果发现不断有金珠子从他的指尖滚落下来。

　　迈达斯回到了王宫，就像他希望的那样，手到之处，皆成一片金光闪闪。看着大门、桌子、椅子全都变成了金子，迈达斯高兴得简直快发疯了。可当他坐下来开始吃东西时，他忽然明白了为什么狄俄尼索斯会为他的要求感到悲哀。因为凡是被他的手碰过的食物都变成了金子，就连喝的酒也变成了金色固体。这时，迈达斯才意识到自己犯下了一个极其愚蠢而又可怕的错误，他绝望地哭喊："伟大的狄俄尼索斯啊，你发发慈悲，可怜可怜我吧！请原谅我的贪婪，把礼物收回去吧！"

　　话音刚落，狄俄尼索斯就出现在迈达斯面前，对他说："去帕克托洛斯河的源头吧，只有那里的水才可以消除你身上的法力，让你不必再为自己的贪婪而感到羞愧。"

　　迈达斯立刻跑到帕克托洛斯河的源头，用晶莹的河水清洗全身。当他身上的法力完全消除之后，原本透明的河水变成了金色的。此后，帕克托洛斯河因为河水中含金而闻名。直到现在，这条河的名字在希腊语中仍是给人带来无限财富的意思。

　　除了给人们送去美酒和快乐，狄俄尼索斯还是一位法力无边的神灵。谁要是不小心忽略了这一点，日子可就不好过了。一群来自第勒尼安的海盗就因此付出了惨痛的代价。

　　我们之前讲过，狄俄尼索斯身后总会跟着一群喧闹的同伴。可有一次，他想一个人走走，就来到了海边。走了一会儿，他在岩石上坐下来歇口气，一抬头，正好看见平静的海面上驶来了一艘船。

　　不过，这可不是一艘普通的船，船上有一群可怕的海盗。这群来自第勒尼安的海盗无恶不作，早已是地中海的公害。

船上的海盗们也看到了坐在岸边的狄俄尼索斯，船长立刻命令舵手靠岸。

海盗们根本不知道，眼前这位英俊健壮的年轻人是狄俄尼索斯，他们一心想的是抓了他可以卖个好价钱。

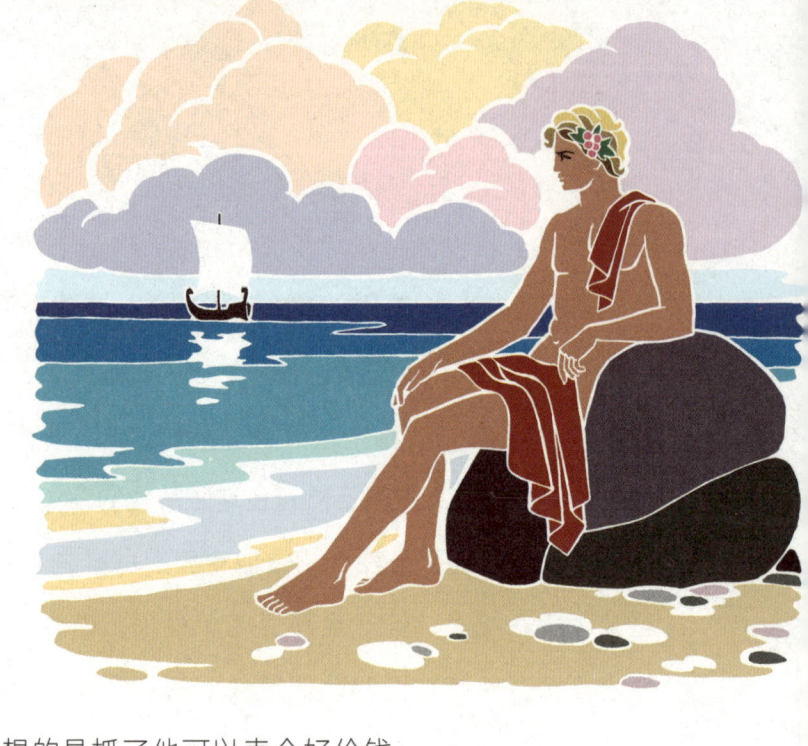

于是，船一靠岸，这群海盗就一拥而上，抓住狄俄尼索斯，把他带上船，绑到桅杆上。

可是，让他们不解的是，狄俄尼索斯不仅一点儿都不害怕，反而十分镇定地看着他们，嘴边还挂着一丝高深莫测的笑容，仿佛在嘲笑他们。此时，海盗们反倒有点怕了，舵手大声喊道："快放了这个年轻人吧！他可能不是凡人，是神啊！我们得小心一点儿，万一他去告诉万能的宙斯，那可就糟糕了！就算告诉阿波罗也不行啊！阿波罗致命的箭可从没失手过。哪怕他去告诉了波塞冬，那也是有排山倒海力量的神啊！哪位船长胆敢看不起他的力量，他就能让这艘船沉到海底。"

可海盗首领粗鲁地打断了他，呵斥道："你要是以为，我们会因为你吓破了胆子，就放了这个强壮英俊的年轻人，那你一定是疯了。睁大你的眼睛看看！我们可以带他去塞浦路斯或者埃及卖个好价钱。要是他真的出身高贵，那我们还能趁机狠狠敲上一笔，用他换回大把的金子。"

听了海盗头子关于金钱的一番话，海盗们不禁欢欣雀跃起来。可是船还没走多远，他们就惊讶地发现狄俄尼索斯竟然自己挣开了绑在身上的绳索。

"你们管这玩意儿也叫绳结？"船长怒吼道，"你们看不出他有多强壮？所以，我才说他一定会为我们带来巨大的财富。快点儿，再把他绑起来，这回可要绑紧了，听到没有？"

海盗们七手八脚地又把狄俄尼索斯绑了起来，这一次他们全都使出了吃奶的劲儿，绑得比上次紧十倍。可不一会儿，他们发现狄俄尼索斯只不过轻轻地扭了扭身子，绳索就全都断了。这时，刚刚那个舵手又站了出来，再次催促大家赶快放了这位年轻人，可得到的只是船长的怒吼。

海盗们战战兢兢地看着咆哮的首领，他叫道："不，我们绝对不能错过这么好的发财机会！你们这些懦夫，看不出来今天的风向多么有利吗？这难道不正表明是神灵把他送给我们的吗？而你们居然还想放他走？快点儿，这次我们用锚链把他绑起来，我倒要看看他还能如何挣脱！"

可是，就像上次一样，锚链也被狄俄尼索斯挣断了。正当海盗们目瞪口呆的时候，更加不可思议的事情发生了：甲板上竟然长出一根葡萄藤，葡萄藤顺着桅杆不断向上生长，不一会儿，藤上就长出了一串串的葡萄。这时，甜美的葡萄酒不知从哪儿冒了出来，流得甲板上到处都是。转眼间，船帆和船桨上就绕满了绿色的葡萄藤，美丽的葡萄藤铺满了整条船。船上鲜花绽放，空气中弥漫着芳香。

惊慌失措的海盗们纷纷往舵手的方向跑。

"全速返航，立刻靠岸！"海盗们齐声喊道。可是一切都已经太晚了。那个原本十分平和的年轻人突然变成了令人畏惧的雄狮，在狮子的一声怒吼下，所有人都魂飞胆破。随后，狮子纵身一跃，扑向船长，顷刻间就把他撕成碎片。为了逃命，海盗们急忙跳下了海，可狄俄尼索斯并没有放过他们，把他们都变成了海豚。这时，甲板上只剩下舵手一个人了，吓坏了的他看着狮子，一动也不敢动。可狮子不但没伤害他，反而重新变回了年轻人的模样。他走到舵手身边，笑着说："别怕，我不会伤害你的。我是宙斯的儿子，欢愉之神狄俄尼索斯。"

正如我们之前讲过的，世界各地的人们会定期举行盛宴来纪念伟大的狄俄尼索斯。这种节日被称为"酒神节"，人们在节日的宴会中唱歌跳舞，尽情欢乐。

各种庆典中，有一种是比较特别的。这种宴会通常在夜晚举行，而且参与者只有妇女。宴会当天，女人们会登上高山，点起火把，在火光中纵情歌舞，开怀畅饮。这其中以在帕耳纳索斯和西塞隆山上举行的篝火晚会最为著名。

不过，要说规模最盛大的，还是雅典的酒神节。喜剧艺术就源自雅典举行的庆典。另外，还有一种更加重要的艺术创造也同样植根于酒神节宴会，那就是希腊悲剧。

古希腊悲剧起源于一种被称为"酒神颂"的表演活动。表演形式很简单，就是由一群年轻男子假扮成羊腿人身的牧神来演唱或朗诵各种赞美酒神的诗歌。演唱酒神赞歌的人就被称作"tragi"，即希腊语中的"山羊"。

这些故事往往具有戏剧性，却以悲剧收尾。雅典酒神节上最著名、最受大家喜爱的故事之一便是伊卡里俄斯的故事。表演中，扮成山羊的年轻人出现在台上，为狄俄尼索斯献上颂歌或赞美诗。就这样，两个希腊单词"tragi"和"odi"合成了"tragedy"，也就是"悲剧"。从此以后，只要戏剧故事中的主人公命运悲惨不公，这种戏剧就叫悲剧，典型例子有伊卡里俄斯和厄里戈涅的故事。

这就是悲剧艺术的起源。无论是从戏剧的表现形式还是从诗歌的表达来看，古希腊悲剧所达到的艺术高度都是令后人望尘莫及的。

世界上第一座剧场就是希腊人为了观看酒神颂，用石头和大理石修建而成的。这座剧院位于雅典卫城脚下，一直保存至今。

第十五章

太阳神赫利俄斯

每天清晨太阳升起、普照大地，傍晚日落月升。和现在一样，古时也是这般光景，不论是万能的宙斯在奥林匹斯山上统治世界时，还是诸神和世人都由令人生畏的天神克罗诺斯统治时，甚至是全世界首位统治者天神乌拉诺斯掌管一切时，皆是如此。这是世界的常态，未来也不会改变。

现代和古代唯一的不同之处在于，古人会利用自己丰富的想象力把这些每天发生的事情编织成一个又一个美丽的神话故事。古人将月亮、黎明和太阳赋予人的形象，将它们视为公正强大的神灵。

古人说，月亮女神、黎明女神与太阳之神是兄弟姐妹。他们的父亲是提坦神许珀里翁，母亲是提坦神忒亚。

在古人的描述中，月亮女神塞勒涅身着白色长裙，每晚乘坐一辆由两匹神牛拉动的车。在安静的夜晚，塞勒涅的神车在空中缓慢行驶，她穿过层层云雾，将和平的银色月光洒向大地。

不过，塞勒涅纯洁美丽的面庞下总隐藏着一丝淡淡的忧伤。那是因为她的爱人恩底弥翁在山洞里永远长眠，不能同她讲话，也不能回复她的呼唤。

当初，恩底弥翁为了永葆青春，请求万能的宙斯让他沉睡不醒。宙斯命令睡神修普诺斯满足他的愿望，因而恩底弥翁像众神一样拥有永恒的青春。

就这样，恩底弥翁永远地睡着了，塞勒涅却从未因此而停止爱他。每晚，

塞勒涅都会来到恩底弥翁身边，用她银色的手指轻抚他的脸庞，对他喃喃低语，诉说着自己的相思之苦。尽管塞勒涅知道，她的爱人再也不会睁开双眼，不能醒着说爱她，因此，塞勒涅的脸上永远带着些许的忧伤。

塞勒涅的姐姐是黎明之神厄俄斯，有着玫瑰一般娇嫩的手指。她与提坦神阿斯特莱欧斯育有点缀夜空的星星和四位风神。

每当夜晚即将结束时，厄俄斯身着黄色薄纱袍子，展开白色翅膀轻轻飞上天空，向世界宣告弟弟太阳之神赫利俄斯即将带着光明到来。一束微弱而柔和的光芒洒遍万物，光芒逐渐增强，厄俄斯慢慢融化了夜晚的黑暗。她左手拿着装满凉水的金器皿，右手轻蘸洒向世界，大地、草原和花朵上就出现了露水。

很快，厄俄斯就会抵达东方，来到太阳神赫利俄斯的金色宫殿。她用玫瑰一般娇嫩的手指打开宫殿高高的大门，伟大的太阳神便驾车而出。赫利俄斯站在由四匹长有翅膀的飞马牵引的金色马车上。过了一会儿，马车从地面飞向空中，赫利俄斯出现在地平线上。他容光焕发、威仪凛然地踏上了日复一日的行程。

光芒四射的太阳神每天要完成光荣而艰巨的使命，他要驾驶太阳车，不能偏离轨道，自东向西，穿越整个天空。马车车轮经年累月地每日行走于天界，已经在路上印出了深深的车辙。一路上，他会遇到蝎子、巨蟹、狮子等各种可怕的怪物和野兽。可这些吓不倒赫利俄斯，没有哪只野兽敢挡他的路，也没有哪只野兽敢出来惊吓他的马，大家都知道这只会引火烧身。就这样，赫利俄斯

无所畏惧地前行，一路上把阳光洒向人间，大地会因此温暖，万物会因此复苏。

白昼逐渐结束，赫利俄斯的太阳车开始向地面飞去。赫利俄斯的驾驶技巧极为高超，他紧握缰绳，免得飞马稍有失蹄，使得金光闪闪的太阳车摔到地面上——如果是这样，那地面上的人类可就遭殃了。

夜晚再次来临，赫利俄斯威风凛凛地慢慢降落。世界沐浴着千万种光辉，大自然都在赞美赫利俄斯繁重又崇高的工作，似乎有无数个声音在说："伟大的太阳神啊，感谢您为我们带来光明和温暖！"

太阳落下，赫利俄斯到达了世界的最西端，降落在幸运岛附近的海面上，这是世界最远的尽头。一艘金色的船正等待他的到来。赫利俄斯登上船，随着海浪迅速回到自己位于东方的宫殿。

这座金碧辉煌的宫殿是工匠之神赫菲斯托斯亲自设计的杰作。宫殿由金银和宝石搭建，各种材料巧妙地组合在一起，使宫殿看上去就像笼罩在彩虹的七彩光圈中那般熠熠生辉。

每天夜晚，赫利俄斯都会回到这里休息。白昼渐近，绿色翅膀上缀有金子的公鸡报晓，唤醒赫利俄斯。一听到打鸣声，赫利俄斯会立刻起床，准备一天的行程。就这样，赫利俄斯每天都会不知疲倦地驾驶金光闪闪的太阳车驶过天

空，向大地播撒光辉、温暖与慈爱。日复一日，年复一年，千百年来，均是如此。

沿着那条走了无数次的轨道，赫利俄斯驾驶着太阳车，从没有偏离丝毫。不过有一次，太阳车失控了，便显现出强大的威力。炽热的光芒把整个大地变成了一片火海，地面上的森林和城镇无一幸免。

这样的灾难究竟是怎么发生的呢？

这要从赫利俄斯之子法厄同说起。

法厄同年纪不大，英俊勇敢，同母亲克吕墨涅一同住在地面上。他十分崇拜父亲及其做出的贡献，总是想找机会坐在太阳神的马车里驶过天空。

一天，他遇到了宙斯与伊娥之子厄帕福斯。厄帕福斯以自己的血统为傲，为了炫耀自己高人一等，他对法厄同说："你母亲欺骗了你，你父亲根本就不是赫利俄斯。更糟糕的是，你父亲只不过是一个微不足道的凡人，你永远都不会知道他是谁。"

听到这种侮辱的话，法厄同非常愤怒。

他吼道："即便是万箭穿心，也比不过你这番话给我造成的伤害！"他立刻跑回家，告诉母亲厄帕福斯对自己的嘲讽。

法厄同对母亲说:"我父亲是个凡人,我永远不会以此为耻。可您若是欺骗我,这对我来说才真是奇耻大辱!"

克吕墨涅喊道:"我的孩子,你在说什么呢?你怎么会觉得我骗了你?那好,今晚你就去你父亲的宫殿问个清楚,让他好好回答你的问题吧。"

晚上,法厄同来到太阳神金色的宫殿,他一见到父亲就痛哭起来:"哦,光明的赫利俄斯,一直以来,我都把您当作自己的父亲,可我不知道还应不应该继续这样称呼您。"随后,他给赫利俄斯讲了自己心中的疑惑。

赫利俄斯说:"是谁说的这种话?我要立刻把他烧成灰烬,好让别人知道,没人能侮辱我的儿子!"

"父亲,我不想您把他烧成灰烬,可您能不能给我些证据,好让骄傲自大的厄帕福斯管住他那张嘴?"

赫利俄斯笑了:"哈,原来又是厄帕福斯搞的鬼!就因为他愚蠢的玩笑,你值得把自己弄得这么伤心吗?"

"父亲，这可不是玩笑，他说的时候很严肃，我都不敢再看着他的眼睛。我宁可从地球上消失，也不愿意被人嘲笑，说我连自己的亲生父亲都不知道。"

"那你就爬上山顶，高声喊出来，说你是我太阳神的儿子，你母亲是克吕墨涅！"

"可是谁会相信我呢？"

"那我能做点什么呢，孩子？"赫利俄斯亲切地问道。

"首先，您要发誓，无论我提什么要求，您都会答应我。"

"发誓这么庄严的事，用在这种小事上似乎有点大材小用了。不过，如果这样做能让你开心的话，我答应你就是了。现在，我以神圣的冥河之水起誓，我，太阳神赫利俄斯，答应你的一切要求。"

随后，大胆的法厄同说："我想驾着您的太阳车驶过天空，只要一次就行。"

"孩子，你在说什么？要知道，哪怕是众神之王宙斯也无法驾驶太阳车。再提个别的要求，你这样无异于自取毁灭。"

"不会的,我只是想像您那样飞上天空,您也答应我了,无论我提什么要求,您都不会拒绝。"

"是,我确实答应你了,哪怕誓言再轻,我也不能违背,更何况我刚刚是以神圣的冥河之水起誓。但这不是我想说的重点。真的,换一个要求吧。除了这件事,无论你要我做什么,我都可以答应你。但是,你千万不能做伤害自己的傻事啊。"

"别的我都不想要。我要真是您的儿子,就让我驾着太阳车飞上天空,成为世界的太阳和光,哪怕就一天呢?那样的话,再没人敢侮辱我了。"

"你很勇敢,可你还是个孩子,这么做只会丢掉性命,那将是个悲剧。我再说一遍,现在改主意还来得及。那些马倔得很,你根本驾驭不了它们,你明不明白?而且路上还会出现很多可怕的怪物恐吓你,你要是偏离轨道,那就太惨了。"

可法厄同什么都听不进去,在父亲的怀中啜泣,乞求父亲的允许。赫利俄斯这才意识到自己没有其他选择,只能答应儿子这个自取灭亡的要求。

事到如今,赫利俄斯要改变法厄同的想法已经不可能了。虽然连他自己都不相信法厄同能活着回来,可他还是拿出魔法药膏涂在法厄同身上,免得他被火焰烧伤。

随后,赫利俄斯绝望地说:"孩子,记住一定要牢牢抓住缰绳,这样飞马就不会意识到后面的车夫尚无经验。千万别用鞭子抽打它们。沿着天空中你看到的路径行驶,切记绝不能让太阳车偏离轨道。当你到达天空的高处时,别低头向下看,免得你头晕目眩。从高处下来的时候,必须用力拉住缰绳,不然飞马一旦失蹄,太阳车就会失控,撞向地面,摔成碎片,生灵涂炭,后果不堪设想。可是我和你说这些有什么用?还是让我来驾驶太阳车吧。出发的时间到了,让曙光女神把门打开吧。"

可是,赫利俄斯还没来得及行动,法厄同就跳上了太阳车,握住缰绳,猛地一拽,飞马展开了雪白的翅膀,迈着轻快的步子,小跑着出了太阳神宫

殿雄伟的大门。法厄同匆匆地向父亲告别。

"孩子，你要去哪儿？"赫利俄斯边喊边在后面追，"法厄同，回来！你简直就是自寻死路！天啊，鲁莽的孩子，天空广阔的穹顶、太阳金色的光芒，未知的世界就这么吸引你吗？啊，这种勇气和智慧将把你带到冥府黑暗的深渊，这多么不公平！法厄同！你听见我的话了吗？快回来！"

可年轻的法厄同根本不听他的话。飞马已经开始向天空飞去，他的快乐无以言表。厄帕福斯再也不敢羞辱他了！

不过，法厄同已经不再为这种小事烦心了。随着太阳车越飞越高，无数金色的光芒照耀着整个大地，给世界带来生机与温暖，崇高的想法在法厄同心中油然而生。他想，能做好这项工作真是太伟大了，自己要是能再多驾几次太阳车该有多好！

法厄同满心思绪，全然忘了自己在哪里。马儿感觉车夫没有紧紧控制它们，太阳车也变轻了。它们扬起了前蹄，偏离路径脱了缰。等到法厄同发现自己已经看不到之

前的车辙时，他才意识到自己已身处险境。他想把太阳车带回正轨，可马儿根本不听他的摆布，依旧向前方冲去。

突然，一只蝎子赫然出现在太阳车前方。法厄同吓了一跳，缰绳从手中滑落，而这正是悲剧的开始。缰绳脱落后，马儿完全不受控制，随心所欲地在天空中狂奔。它们时而向下俯冲，地面随之起火；时而飞驰上天，天空中便出现了火光。火焰熊熊燃烧，灼热的空气差点儿让法厄同窒息。

现在他什么也做不了，既不知道要去哪里，也不知道如何控制这几匹马。此时他开始后悔当初没听父亲的话，可现在已经太迟了，原本生机盎然的大自然早已变成了一片火海：帕纳索斯山、爱达山以及绿树成荫的皮立翁都未能幸免于难，郁郁葱葱的赫利孔山和巍峨高耸的塔格图斯山此时已是火光一片，高加索山脉和亚洲的森林更是火光冲天。所有城市和国家都化为灰烬，溪流干涸、地表龟裂，火焰甚至一度蔓延到哈迪斯那漆黑一片的冥府。

生育了世间万物的大地女神动身来到了奥林匹斯山，高声哭诉："伟大的宙斯啊，您身为这个世界的统治者，难道没有看到大火正在吞噬着整个世界吗？我难道必须和山川河流一同消失不见吗？我的土地哺育了各族人类，他们也要和地球上其他生物一同灭绝吗？以往的混沌又要卷土重来，我们取得的一切成就都要化为灰烬吗？大地天空、诸神人类、生命爱情都要化为尘土吗？哦，宙斯，请立刻救救着火的大地吧，不然就来不及了！"

突然，宙斯雄伟的身影从云后显现出来，他挥挥右手放出了一道闪电，闪电立刻扑灭了大地上的熊熊烈火；随后，他又放出了另一道闪电，把法厄同驾驶的太阳车击成碎片。法厄同被弹出了太阳车，在天空中划出一道火光之后，如流星般坠落于世界最边缘的埃利达努斯河。

　　日落处的仙女们赫斯珀里得斯跑去捞起法厄同的尸体，她们流着泪把他埋在了埃利达努斯河边。

　　第二天，太阳神赫利俄斯没有按时出现在天空中，他在为自己的儿子哭泣。法厄同一心想要飞上高高的蓝天，不顾父亲的劝阻，结果付出了生命的代价。不过，在悲伤的背后，赫利俄斯也深深地为自己的儿子感到骄傲，虽然法厄同死了，但他的名字和故事永远留在了每一个人的心中。赫利俄斯知道，正是法厄同的这种勇敢和无畏推动着世界前进。

　　可法厄同的母亲克吕墨涅悲痛欲绝，发疯似的寻找儿子的尸体。最终，她在埃利达努斯河边发现了儿子的坟墓，在墓前绝望地哭了出来。

　　克吕墨涅的女儿赫利阿德斯站在母亲身旁，看着哥哥的坟墓，泪流满面。她们一直守在法厄同的墓前，久久不肯离去，日复一日，夜复一夜，哭得肝肠

寸断。最后，神灵们被她们的真情打动了，把她们变成了柳树。母女俩伤心的泪水化作水珠，顺着弯弯的柳枝流入埃利达努斯河。从此以后，人们便将这种柳树称为"哭泣的垂柳"。

这就是法厄同的故事，这位大胆的年轻人因为不听从父亲的劝告而失去了生命。

亲爱的读者，如果你碰巧在别处读到过这个故事，可能法厄同的母亲不是克吕墨涅而是罗得。别惊讶，不同版本的神话故事都会有些许差异。

罗得是一位仙女，罗得岛正是以她的名字命名。也正是在这里，她遇见了赫利俄斯，两人坠入爱河。他们育有诸多后代，有人说，这其中就有法厄同。

罗得岛上的其他神祇都崇敬赫利俄斯。罗得岛的正中央建有赫利俄斯的大理石神殿；为了纪念赫利俄斯，每隔五年岛上就会举办盛大的节庆活动，届时会举行运动竞技、马车比赛和艺术盛会。岛上著名的罗得岛太阳神铜像是希腊有史以来所建的最大雕塑，铜像正是为了纪念太阳神赫利俄斯而建。这座铜像高高矗立在港口入口，来往船只都从他双足间的缝隙中穿过。雕像由雕塑家林多斯的查尔斯设计建造，是"古代世界七大奇迹"之一。

换言之，罗得岛旨在纪念当今伟大的太阳神赫利俄斯。不过，这个纪念之岛的来历还很有趣。

那时，其他神祇都在忙着分配世界、确认领地，而赫利俄斯不在场，其他神祇也忘了留给赫利俄斯一份。

可这位给全世界的人类送去光明和温暖的神灵并未因其他神灵忘记自己而心生苦楚。"这没关系，"他温柔地说，"今天，当我驾驶太阳车升上天空的时候，发现海平面上出现了一座新的岛屿。就把这座小岛给我吧，这样我就心满意足了。"

其他神灵自然对此非常高兴，就把这座小岛给了赫利俄斯，这样一来，也免得大家重新进行分配。

赫利俄斯当时看到的新岛屿就是罗得岛，它风景迷人、阳光普照。

第十六章

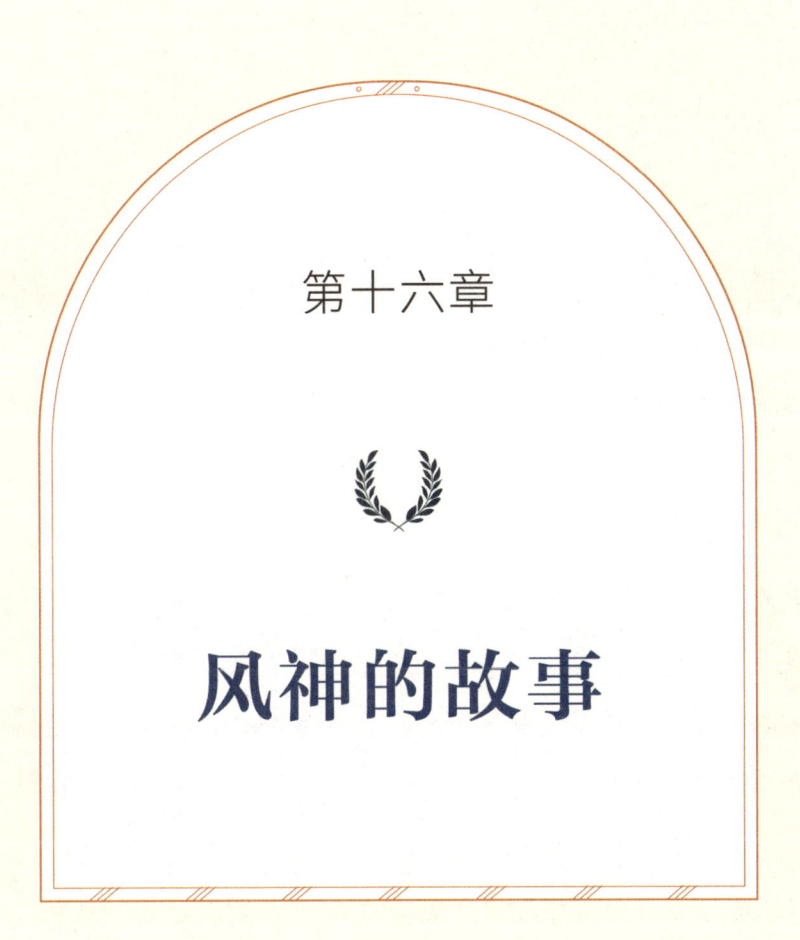

风神的故事

古时候，强大的北风之神波瑞阿斯居住在色雷斯山上高大的白色城堡里。凛冽的北风呼啸时，人们就认为是凡人惹恼了波瑞阿斯。

波瑞阿斯的城堡富丽堂皇，他大部分时间都待在城堡里。可他一旦发怒，便会离开雪白的宫殿，挥舞着有力的翅膀，降临凡人的居住地，带来冰霜和暴风雪。

波瑞阿斯并不总是残酷野蛮的，有时候他也会很平静，很有耐心。

雅典国王厄瑞克修斯承诺会将自己心爱的女儿——俄瑞堤亚嫁给波瑞阿斯，波瑞阿斯在这件事上就展现出了极大的耐心。事实上，厄瑞克修斯并不愿意做出这样的承诺，他内心并不愿意将小女儿嫁出去，他已经为小女儿的三个姐姐找好了丈夫，但希望俄瑞堤亚能永远陪在自己身边。

厄瑞克修斯不允许任何男子看到自己美丽的小女儿，甚至不允许她离开宫殿。俄瑞堤亚只能通过自己寝宫的窗户看看天空。厄瑞克修斯十分严苛，这样一来，俄瑞堤亚似乎永远也不会出嫁，只能陪伴自己深爱的父亲。

然而，夏季的某一天，俄瑞堤亚打开了窗户，想透透气。这时，一阵轻柔的北风拂过她的脸庞，轻抚了她的金发。她呼吸着新鲜的空气，对着晴朗

的天空露出了美丽的笑脸。

就在此时，波瑞阿斯飞过了俄瑞堤亚寝宫的窗户，看到了这位美丽的公主。风神立即爱上了她，当即去求见俄瑞堤亚的父亲，请求厄瑞克修斯将女儿嫁给他。

对凡人来说，拒绝将女儿嫁给神灵是件难事，即使是国之君主也没有更好的办法。拒绝波瑞阿斯更是难上加难，因为没有人抵挡得了风神的狂怒，他能发起最狂野的风。如果厄瑞克修斯拒绝，他的宫殿会遭受灭顶之灾。

厄瑞克修斯不敢拒绝风神，但是又不想让小女儿出嫁，最终，厄瑞克修斯装作开心满意的样子说："波瑞阿斯，我很荣幸我的女儿能嫁给你，你所展现出的诚意令我感动，但是，我想给俄瑞堤亚一点时间去适应，因为她已经习惯和父母生活了，我不知道她会如何回应你。"

风神回答道："看到你这么情愿，我很高兴，虽然我很想现在就带走公主，但我会给你足够的时间，一个月后再来。"

一个月的时间到了，波瑞阿斯回来了。

厄瑞克修斯告诉他："一切都已准备妥当，我也说服了俄瑞堤亚，但是她需要时间准备，而不是就这样随你一走了之。"

波瑞阿斯决定再耐心等一个月。

当他再次返回时，厄瑞克修斯说："万事俱备，俄瑞堤亚也做好了离开的准备，你可以立即带走她；但她的母亲生病了，如果俄瑞堤亚在这种情况下离开，她会十分后悔。你能理解我的意思吧？"

波瑞阿斯内心闪过一丝疑虑，但他仍假装同意并离开了。

见识到了波瑞阿斯的随和，厄瑞克修斯认为自己已经蒙骗过关，胜券在握了。

于是，当波瑞阿斯第四次回来时，厄瑞克修斯告诉他："你看，我们已经讨论过，也达成了一致。能把女儿嫁给你我感到极大的荣幸，但是从为你考虑的角度出发，我认为我的女儿太小了，难道你不该再等她长大些吗？等到时机成熟，她更适合做你的妻子和帮手，也可以做一个合格的母亲。等一两年，我们再来讨论这个话题，别告诉我你会忘了俄瑞堤亚。"厄瑞克修斯狡猾地笑着说，甚至还热情地拍了拍波瑞阿斯的后背。

如今，真相大白！波瑞阿斯看透了一切，厄瑞克修斯根本不想把女儿嫁给他，他每一次的拖延都是在耍小聪明。波瑞阿斯十分恼火，但他还是克制住了自己，没有展露出任何情绪。

"很好，我会考虑的。"说完后他便离开了。波瑞阿斯飞向高空，怒火中烧，厄瑞克修斯对他的侮辱让他忍无可忍。

波瑞阿斯怒吼道："厄瑞克修斯到底把我当作什么？我错了，我不该长期以来无所行动，任由他找借口。我刮起的北风可以将百年橡树和高大的柏树连根拔起，我掀起的海浪比山还高，降下的冰雹可以随意抽打大地，我可以带来风雪、冰霜，让水冻得像石头一样坚硬！我的愤怒让人类胆战心惊，我面对厄瑞克修斯时却表现得那么谦逊，软弱地坐在那儿乞求他的同意！不！这事应该由我一人决定！我会强行带走俄瑞堤亚，让她做我的妻子！"

波瑞阿斯边说边有力地挥舞着翅膀，瞬间，一阵可怕的风暴席地而起。北风狂吼着，一路肆虐。随着一声可怕的巨响，北风摧毁了厄瑞克修斯的宫殿，北风之神也随之出现。谁也无法抵挡波瑞阿斯，他用有力的臂膀抓起俄瑞堤亚，呼啸着飞向高空。

北风很快就平息了，天空重现了暴风之后的平静。波瑞阿斯的怒气很快就转化成爱意，这位强大的神灵温柔地抱着自己的心上人，愉快地朝着色雷斯山飞去。

波瑞阿斯举办了盛大的婚礼。俄瑞堤亚成为白色城堡的女主人，她为北风之神生下了两个儿子——泽忒斯和卡拉伊斯。他们像父亲一样拥有翅膀，成为杰出的年轻人，还参加了阿耳戈英雄的远征，立下了丰功伟绩。

波瑞阿斯的兄弟们也是强大的风神：南风之神带来的雨水可以创造生命；西风之神泽费罗斯带来的风凉爽又温柔，受到人类爱戴；东风之神欧罗斯带来的风则温和又清新。

这些风神的统领是埃俄洛斯。

埃俄洛斯和妻子幸福地生活在一起，他的六个儿子和六个女儿居住在远离意大利海岸的一座小岛上，岛上有一座雄伟的宫殿。当时这座岛叫作"埃俄利亚岛"，如今叫作"斯特隆博利岛"。

只要埃俄洛斯愿意，他可以禁止所有风神行动，这时整个大地便是一片和平。

在特洛伊战争结束后，希腊人踏上了回家的征途。强大的海神波塞冬得知奥德修斯弄瞎了他的儿子——可怕的独眼巨人波吕斐摩斯后，一怒之下便将奥德修斯的船队抛到了埃俄利亚岛的海岸上。

埃俄洛斯对奥德修斯及他的船员表示了欢迎，还命令六个儿子帮助他们修葺船只，他们每晚都聚在宫殿里吃喝玩乐。

埃俄洛斯听闻奥德修斯不幸的流亡遭遇后，十分同情他，并决定帮助奥德修斯回到故乡。

奥德修斯的船队准备离开时，埃俄洛斯想出了一个保护水手们远离波塞冬的惩罚的办法。他杀了一头硕大的牛，将牛皮制成袋子，让除了西风之神泽费罗斯外的所有风神都进入袋子，并用金色的绳子将袋子牢牢捆住，以免风神离开。

埃俄洛斯对奥德修斯说:"请将这个袋子放在船上,好好守护;如果你不打开袋子,十天之内便可到达伊萨卡岛。"

起程之后,奥德修斯禁止船员触碰袋子。泽费罗斯刮起了西风,让他们扬帆起航,船队快速地向东前进,朝着希腊驶去。

起程后的九天里,船队一直都在高速前进。但就在第十天,船队快到伊萨卡岛的时候,奥德修斯睡着了,他的同伴开始怀疑他们的统领有所隐瞒。

一名水手说:"他可能在那个袋子里藏满了金银珠宝。"

另一名水手说:"所以他才害怕我们打开袋子。"

又一名水手说:"我们一起战斗,一起受苦,可是现在他带着满袋钱财回家了,我们却空手而归。"

第一名水手敦促道:"我们打开它吧。"

所有水手附和道:"对,打开它!"

于是,他们打开了袋子。

虽然伊萨卡岛上的群山已经出现在视野范围之内，但此时所有风神从袋子里争相而出，空中顿时形成了一股可怕的风暴。船帆瞬间被撕扯成碎片，船队好似在浪尖起舞的软木塞，暴风推着船队远离故乡的海岸，并将它们推向充满危险的未知海域。

从那以后，只要出现狂暴的疾风，人们便说是埃俄洛斯的袋子被打开了。

埃俄洛斯有六个女儿，最漂亮的女儿叫阿尔西涅，她的丈夫是特剌喀斯的国王塞克斯。

阿尔西涅深爱着她的丈夫，每当他出远门捕鱼时，她的内心便充满了恐惧。但是塞克斯热爱捕鱼，阿尔西涅的劝阻他根本听不进去。

然而有一天，阿尔西涅感受到的不只有恐惧，还有一种不祥的预感，塞克斯将会遭遇厄运，她便乞求塞克斯不要出海捕鱼。

塞克斯回答道："我了解水流和风向，我的船很坚固，只有我能驾驭好它，而且天气这么好，不去捕鱼实在太可惜了。"

阿尔西涅说："我知道你是个杰出的舵手，我也知道你对天气和大海了如

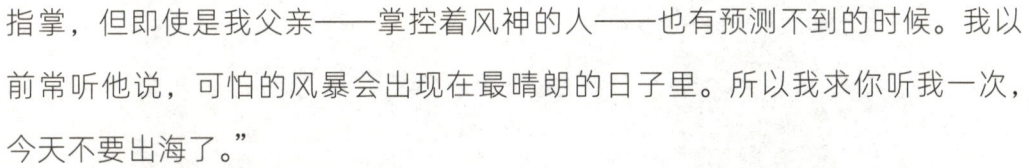

指掌，但即使是我父亲——掌控着风神的人——也有预测不到的时候。我以前常听他说，可怕的风暴会出现在最晴朗的日子里。所以我求你听我一次，今天不要出海了。"

如果塞克斯看到了妻子的眼泪，他可能会如她所愿，不去捕鱼；但他被骄傲蒙蔽了双眼，他看不到妻子的痛苦。

生活就是这样，有时我们不愿破坏自己小小的乐趣，甚至不想知道是否因此会给他人造成很大的痛苦。但当不得不面对后果时，往往为时已晚。

塞克斯为自己的骄傲付出了十分沉重的代价。

他在大海深处时，突然间，狂风呼啸，海水怒吼，乌云掠过地平线，大风把海水打成了泡沫。顷刻之间，海浪成山，塞克斯的船被撕扯成了碎片。

阿尔西涅绝望地跑到岸边，爬到一块可以俯瞰整个海湾的大石头上，她焦急地搜寻着丈夫的身影，终于，她看见丈夫的尸体卷在海浪中。

阿尔西涅心神错乱，此时的她只想给塞克斯最后一个深情的拥抱，同他一起葬身大海。绝望的阿尔西涅从石头上纵身一跃，投身于汹涌的海中。

阿尔西涅实现了最后的心愿。诸神同情他们，将他们变成一对飞鸟。从那以后，这种忠贞的鸟儿被称为"翠鸟"。它们终身与伴侣相伴，如果死神带走了雄性翠鸟，雌性翠鸟也会终结自己的生命，就像阿尔西涅那样。

翠鸟在深冬产卵，但幼崽必须在晴朗无风的日子里才能孵化。据说阿尔西涅死后，埃俄洛斯便会在深冬时节控制风速，让她的女儿和其他翠鸟安全地孵化幼崽。虽然处于隆冬时节，那段时间的天气却温暖如春，直至今日这段时间还被称为"翠鸟日"[①]。

[①] "翠鸟日"（halcyon days）在文学作品中往往用以喻指"太平岁月"或"美好时光"，如"the halcyon days of youth"（青春大好年华）。文中这里是指隆冬内不固定的一段温暖平静的日子。——编者注

第十七章

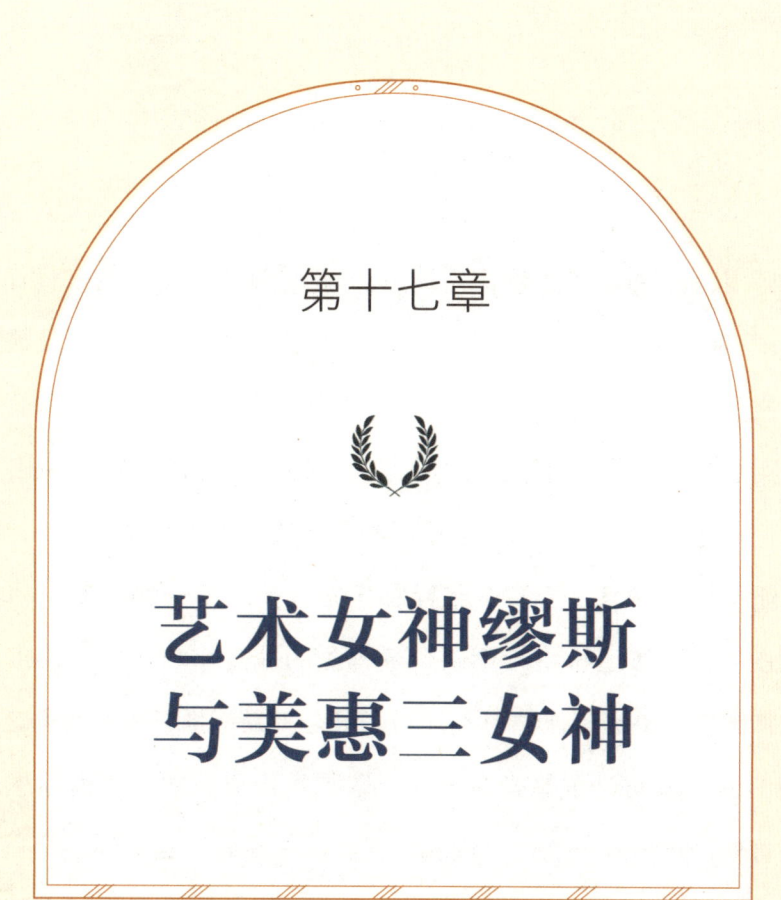

艺术女神缪斯与美惠三女神

❝ 很久以前，雅典的雕像比人还多。"一位到访过多地的古代作家用这句话来表明古代雅典人对音乐、诗歌、舞蹈、戏剧、绘画以及雕塑等艺术有多么热爱。

确实有这样美好的年代。那时，希腊的人民相信奥林匹斯山上的诸神庇护着他们——或者说，他们相信自己被不朽的艺术家引领。

难道不正是雅典人选择了雅典娜作为守护神——那位最早将美与和谐带给人们的女神？难道说将希腊两个最神圣的地方——斯岛和德尔斐——献给音乐之神阿波罗是纯属偶然吗？还有工匠之神赫菲斯托斯；戏剧之神狄俄尼索斯和他的追随者们——那些音乐家、歌唱家和舞蹈家；还有潘恩，山川森林中回荡着他那排箫吹出的优美曲调；甚至赫尔墨斯，当他还是个襁褓中的婴儿时，他头脑中的第一个念头就是弹竖琴，当他拨动这把琴时，连阿波罗都为之心醉。

除了这些神，我们还要加上森林女神和海中仙女，她们的舞姿和歌声让希腊的溪流和海岸都回荡着优美的旋律。

这些神圣的存在似乎还不足以表达希腊人对艺术的热爱，还有缪斯九女神和美惠三女神，她们都是万能的宙斯的女儿。

九位艺术女神给世界带来了音乐、诗歌、舞蹈和戏剧，也给人间带来了欢愉、欢笑和温情。她们心中没有伤痛，只有幸福与欢乐。"热爱美丽，蔑视丑恶"，这是九姐妹给大家的忠告。就这样，她们激发人们不断创造艺术作品。

赫利孔山的人说，宙斯宠爱的女儿经常流连于长满树木的山坡。在那里，牧羊人能听到她们的歌声，与溪流的细语和鸟儿的轻啾交相辉映。

更多的时候，人们在德尔斐能找到九姐妹，她们常在阿波罗身旁，所以人们管他叫"缪斯的主人"，这是光明之神的别称。

每当这位金发的神灵支起竖琴，弹拨琴弦，缪斯们的歌声就会立刻响起。随即，森林女神就会在卡斯特利亚泉旁梧桐树的树荫下一起跳起舞来。泉水上方的菲德瑞安岩石会收拢美妙的旋律，再将它传播出去，直到神圣的歌声响彻帕纳索斯山的每个山坡。

不过，缪斯们也常伴在父亲宙斯左右，用歌声安抚他。在奥林匹斯山诸神的酒会上，缪斯们用甜美悠扬的歌声吟唱过去、现在和未来。她们吟诵大地母亲和无垠的蓝天乌拉诺斯，他们孕育了诸神，是诸神的先祖；她们讲述诸神的神迹异能；最后将歌声汇成一首赞美诗颂扬她们的父亲——诸神和人类的统治者宙斯。无论何时，只要她们这样歌唱，宙斯的脸上就会露出开心的笑容。

但缪斯也从未忘记普罗大众，她们同样用歌声赞颂那些凭借艺术、智慧或英雄壮举给人类带来荣耀的凡人。

随着缪斯的到来，人类的苦难得到了极大缓解。甚至传说当缪斯降生、将音乐带到世间时，有些人对音乐十分着迷，甚至废寝忘食，日夜歌唱，永无休止，直至死亡。他们离世时并无苦痛，也不曾跌入冥王哈迪斯黑暗的地狱冥府，而是化身蟋蟀。此后，这些小生物不为饥渴所扰，只为歌唱而生，直至死亡。

蟋蟀们深爱着缪斯。我们常常以为它们在歌唱，其实它们是在和缪斯们聊天。它们给缪斯讲很多发生在人世间的事情——谁喜爱诗歌、谁喜爱歌唱、谁最喜欢缪斯。

九姐妹中的每一位都会按照艺术家们钟情的艺术门类给予他们帮助。有的缪斯激发传唱英雄的曲调，有的缪斯鼓励赞颂诸神的艺术家，有的缪斯鼓励唱歌跳舞的艺术家。

卡利俄珀为缪斯九神之首，也是最受尊敬的一位，她是史诗和英雄诗的缪斯。荷马在《伊利亚特》第一行提到的就是卡利俄珀。他这样写道："高歌吧，女神！为了珀琉斯之子阿喀琉斯的愤怒！"艺术家们崇敬她，画像中的

她手中往往握有一支笔。

厄拉托在缪斯中排位第二，是爱情诗与竖琴缪斯。接下来是波吕许谟尼亚，她总是带着若有所思的表情，是颂歌缪斯。在她之后是欧忒耳佩，手里拿着一支长笛，是抒情诗缪斯。

另两位缪斯醉心戏剧。手中总是拿着微笑面具的是喜剧缪斯塔利亚，拿着苦脸面具的是悲剧缪斯墨尔波墨涅。她俩都是狄俄尼索斯的追随者。

舞蹈缪斯是忒耳浦西科瑞，她和厄拉托一样，手里拿着竖琴。最后两位缪斯主要关注科学领域。一位是历史缪斯克利俄，她传唱英雄故事，手中常拿着书；另一位是天文缪斯乌剌尼亚，她歌唱璀璨的群星，她的标志是天球仪。

这便是缪斯：善良勤奋，随时准备帮助人们过上更美好的生活。但她们并非孤军奋战，还有三位美丽的女神伴其左右，助其工作，为美丽增添优雅。她们也由此得名"美惠三女神"。

在诸神酒会上，美惠三女神站在阿波罗身旁。当整个宫殿都回荡着阿波罗的竖琴发出的天籁般的琴声时，美惠三女神和九位缪斯就会起身唱歌跳舞。

　　奥林匹斯山的宴会一结束，美惠三女神就会匆匆返回人间，来到人们身边。她们的使命繁重而高尚。她们付出关爱，让人们的生活更美好，让恋爱、婚姻、节庆等欢乐之事更加愉快。有一首古老的赞歌这样描述她们："你们让一切皆甜蜜又美好。有了你们，诗歌动人心弦。在你们的帮助下，人类更加美丽、智慧和勇敢。"

　　提起美惠三女神的名字，大家都满怀爱意，心有崇敬。她们就是迷人的阿格莱亚、热爱并保护诗歌的欧佛洛绪涅和热爱音乐的塔里亚。这三姐妹像孩童般单纯而率真，像拂晓的百合花般纯洁又无暇，又像繁花似锦的春天般可爱且动人。她们是诸神的掌上明珠，为诗人和歌唱家所钟爱，是雕塑家和画家最喜欢使用的主题。

第十八章

缪斯之子
俄耳甫斯

很久很久以前，缪斯九女神和美惠三女神还在努力使人类的生活更美好的时候，有一位伟大的歌唱家、诗人和演奏家，他就是俄耳甫斯。

那时候，如果有人问谁是世界上最著名的人，他得到的回答或许不会是什么君主、战将或英雄的名字，答案会是这样："不，俄耳甫斯是当今世上最著名、最受爱戴的人。"

俄耳甫斯的歌声具有非凡的魔力。只要有人说"我听过俄耳甫斯唱歌"，他身旁就会聚集一群嫉妒又羡慕的人，要求他说说这位伟大歌唱家的故事。

人们会问："听说俄耳甫斯一唱歌，连鸟儿都会安静下来，野兽也会聚到他身旁，这是真的吗？听说他的歌声能感动磐石，连树木都会拔根而起，这也是真的吗？"

答案总是充满自信又使人信服："你如果听到俄耳甫斯的歌声，你就会相信这一切都是真的，而且他歌声的力量远不止于此。你要是有机会去佐尼镇，就让他们给你看看俄耳甫斯橡树。那种树看起来就像在跳舞一样，因此得名

"俄耳甫斯树"。这些树在听过俄耳甫斯的歌声和他演奏的竖琴之音后，就一直保持着那种姿态。俄耳甫斯的歌声能让波涛汹涌的大海顿时安静，他的声音高亢，甚至在宙斯的雷声中也能听得见。"

关于俄耳甫斯的传说还有很多。实际上，不管是谁，只要有幸听到他的歌声，哪怕只有一次，都会认为这些传说确凿无疑。

俄耳甫斯生于色雷斯，母亲是缪斯卡利俄珀，父亲是色雷斯国王俄阿格洛斯。俄耳甫斯从母亲那里继承了对诗歌和音乐的热爱。阿波罗送给他一架竖琴，缪斯们则亲自教他弹奏。

俄耳甫斯带着竖琴在宫殿和茅屋中随处歌唱，他的足迹遍布村庄和城镇。他歌唱生活之母——爱情，讲述英雄的壮举，歌颂那些为崇高事业献出生命的人们。

俄耳甫斯的快乐，从他娶了欧律狄刻为妻的那一天开始，便升华成一种更加美好的幸福，而他们也成为天作之合的神仙眷侣。

小爱神厄洛斯成功地撮合了这对年轻人，用伟大圣洁的爱情将两人联结在一起。

俄耳甫斯的艺术再攀高峰。"世上再无他事，能比忠贞般配的爱情更加美好。"他这样唱道。与欧律狄刻快乐生活的温柔情感，凝结成俄耳甫斯无数难以忘怀的曲调。

和所有恋人一样，俄耳甫斯与欧律狄刻珍惜两人的独处时光，沉浸在彼此的陪伴之中。他们常坐在僻静的山坡上，看着眼前一望无际的山间景色。这时，俄耳甫斯就会拿出竖琴弹奏，欧律狄刻则轻吟浅唱，一同歌颂让他们如此幸福的伟大而无尽的爱情。

一天，两人在坦佩谷散步，这个地方实在令人心旷神怡。一边耸立的是奥林匹斯巍峨的山峰，另一边是奥萨山，两山之间涓涓流淌的是佩奈渥斯河平静的流水，河的两岸是参天的老榕树。俄耳甫斯倚坐在树荫下，拨弄着竖琴的琴弦；欧律狄刻无忧无虑地舞蹈歌唱，偶尔停下来去追逐蝴蝶或采集野花。鸟儿在他们头顶啾鸣，小动物在他们脚边嬉戏雀跃，仿佛是在告诉他们：有这对佳人做伴是多么欢愉。

身边有如此美景，俄耳甫斯和欧律狄刻觉得内心幸福且充实。他们想要伸出手臂，拥抱整个自然；似乎诸神也对这对夫妻十分慷慨，让他们拥有超常的幸福。

啊！美好的日子总是短暂无比，苦难却要接踵而来。苛刻的命运三女神认为，这对夫妻平静的田园生活应该到此结束了。克罗索为欧律狄刻编织的生命之线戛然而止，拉克西斯抽出来的签预示着欧律狄刻将在最幸福的时刻被毒蛇咬伤。

严苛的阿特罗波斯从来不肯对她姐妹的决定做出丝毫改动，用永远无法更改的笔迹写下了欧律狄刻残酷的命运，而这些字写下便即刻生效。

命运啊，你为何如此不公？

三位神灵是否知道无法忍受的苦难就要取代最美好的幸福？晴天霹雳为何要降临在最值得奖励而非应该惩罚的人身上？

于是，当和着俄耳甫斯的歌声而欢快舞蹈时，欧律狄刻无意间踏入了毒

蛇的巢穴。一条大蛇立刻蹿出来，将毒牙深深扎进欧律狄刻的脚心。

欧律狄刻发出了令人心碎的哭喊声。俄耳甫斯的歌声戛然而止，满心恐惧地跑向爱人身边。

眼前的情景比他想的还要糟，简直令人难以置信。欧律狄刻面如死灰，她伸出手臂，绝望地想要抱住爱人，然而毒液已经在她的体内迅速扩散。俄耳甫斯还来不及将她揽入怀中，他亲爱的欧律狄刻就倒在地上，停止了呼吸。

欧律狄刻去了地下世界——冥王哈迪斯那可怕的地府，留下俄耳甫斯一个人，面对这令人难以承受的重击。

失去爱人的现实太过残酷，没有什么能安慰他的痛苦。至于他的竖琴，因为它奏出的声音微弱，无法给他带来慰藉，反倒让他的悲伤溢满心怀。只要他拿起竖琴，手指便疯狂地弹拨琴弦，弦声的旋律就像狂风暴雨中的雷鸣电闪，倾泻出这位伟大歌唱家绝望的悲伤。

九天九夜过去了，俄耳甫斯的悲伤没有得到丝毫缓解。到了第十天，他的脑海里浮现出了别人想都不敢想的念头：他要去冥王哈迪斯的死亡宫殿，把自己的心上人带回来。

也许俄耳甫斯作为一个歌唱家不能跟赫拉克勒斯相提并论，甚至算不上是个英雄。但是对欧律狄刻的爱以及失去爱人的痛苦给了他勇气与胆量，他决心去哈迪斯的冥府，请求冥王把挚爱之人还给他。

俄耳甫斯只带了竖琴便动身上路。他到处寻找，访遍智者与先知，可他们都频频摇头："不，俄耳甫斯，别去，冥王哈迪斯的府邸可不是活人可以去的。"

"就连死人都觉得那里让人难以忍受，日日夜夜盼着能再见一次白日之光。"

"凶残顽固的刻耳柏罗斯时刻把守着冥界大门，它不会让你带着爱人回来的。"

"俄耳甫斯，世上失去爱人的不止你一个。在你之前，多少人曾经失声痛哭，多少人经受过丧偶之痛的哀痛欲绝。可随着时光流逝，他们慢慢擦干了眼泪，时间抚平了伤口。人的命运是注定的，没有人能够改变。"

可是，这些劝阻丝毫动摇不了俄耳甫斯的决心。

他会斩钉截铁地回复:"这不是我想要的答案。告诉我去哈迪斯冥界的路吧。"

终于,俄耳甫斯打听到,冥界位于伯罗奔尼撒的泰格特斯山。那里有一座峡谷,直通向黑暗洞穴。赫拉克勒斯曾从那里下去,带走了冥界昼夜不休的守卫刻耳柏罗斯。刻耳柏罗斯是一只丑陋的三头犬,尾巴上还长着龙头。

前往冥界的路令人生畏。俄耳甫斯离峡谷越近,周围便越荒凉。

俄耳甫斯在路上遇到的最后一个人跟他大声喊道:"嘿,你要去哪儿?快回来!没人能踏上那条路,也没人能走近峡谷一步。我们连看都不敢看,甚至连想都不敢想。"

可是俄耳甫斯还是走进了峡谷,他在突兀的山石间一路向前,就像没听到那些话。峡谷里寸草不生,除了蛇,没有其他动物,可对欧律狄刻的爱使他满怀勇气与信念,让他从容不迫地迈进哈迪斯冥界的大门。

峡谷的尽头伫立着一个一眼望不到边的黑洞。若是换了别人看到这恐怖的冥界大门,怕是要连连后退;可俄耳甫斯坚定前行,从最明亮的日光走进最深邃的黑暗。

他还没走几步,就感觉自己的手被紧紧抓住了,同时一道神圣的光照向他。他转过头,看到一位面容英俊的男人。男人手里拿着一根短杖,上面缠绕着两条蛇;他头戴带翅的帽盔,脚下也生有飞翅。俄耳甫

斯意识到自己面前的正是赫尔墨斯,那个经常奉宙斯的旨意带领亡灵进入冥界的神。

"俄耳甫斯,我佩服你的勇气,"赫尔墨斯说,"但你在做不可能实现的事。冥王无情又顽固,不知人间痛苦为何物。诚然,他每年春天都让阿多尼斯返回人间,可那只是因为他是阿佛洛狄忒的爱人;就算是这样,每年秋天阿多尼斯还是要回来。除此之外,冥王这里没有例外,除非你算上他的王后珀尔塞福涅。可不管怎么说,她并不是亡灵,她可是奉了宙斯的旨意每年要回到母亲身边的永生神。所以,对于不可能实现的事情,别抱什么希望了,让我带你回到人间吧。"

"赫尔墨斯,请带我去找冥王哈迪斯吧。"俄耳甫斯的回答十分坚决。赫尔墨斯沉默了片刻,然后也下定决心,牵着俄耳甫斯的手往前走。

他们走过长长的山洞,一个下坡连着一个下坡。走了几个小时,道路曲折,越来越深,直通向地底最深处。

最终,他们穿过了围绕在身边的死寂,听到了水滴落在岩石上微弱而有节奏的声音。俄耳甫斯凝视前方,发现他们正走在一条地下河流的岸边。这便

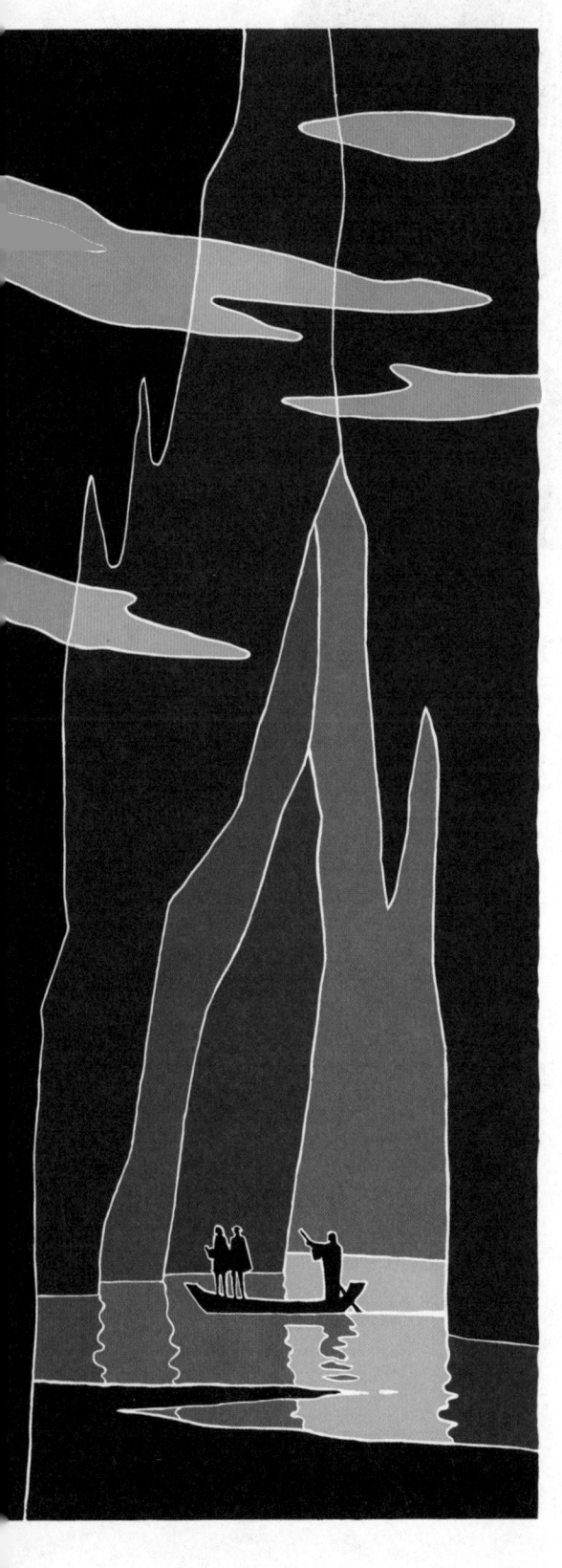

是冥河斯提克斯，冥界的神圣之河。

　　一位船夫划着船从对岸向他们驶来。这是冥河渡神卡戎，来接俄耳甫斯的亡灵并把他渡去对岸的冥界。不过，当他发现这是个活人时，他十分惊讶，生气地朝赫尔墨斯喊道："你难道不知道我不载活人？你怎么能带他到这儿来？"

　　"是我自己要来的，"俄耳甫斯满怀勇气地说，"现在，您愿不愿意发善心载我过去？我想见冥王。"

　　"我知道你为什么要去，"渡神说，"这样你就能求他帮你。我不知道你为什么要自讨苦吃来这里，你知道说服我很难，可是说服冥王哈迪斯更难。现在，趁我还没抡起我的桨揍你之前，赶快离开我的视线，否则你会后悔自己干过如此无礼的事。回去吧，要是真想让我渡你，就等着自己去世那天。"

　　就在渡神怒气冲冲说这些话的时候，俄耳甫斯好像什么也没听见。他从肩上取下竖琴，手指划过琴弦，黑暗的冥界瞬间回荡着迷人的乐声。

　　"这是什么声音？"渡神惊讶地喊道，心里暗暗希望俄耳甫斯能继续演奏下去。

　　而实际上，还没等这位铁石心肠的摆渡人思绪厘清，琴声便再次响起，渡神靠在桨上站着，就像被施了咒一样。

　　在这之后，俄耳甫斯的手指就未离开过琴弦，他慢慢向前走上了船，赫尔墨斯也跟着他上了船。渡神一动不动地站在那儿又倾听了一会儿，然后荡起船桨，

离开遍布岩石的岸边，让船平稳地驶入冥河。

渡神完全被俄耳甫斯迷人的音乐迷惑着，将船驶向冥界的大门。这扇大门常年敞开，不过有地狱的三头恶犬刻耳柏罗斯把守。赫尔墨斯和俄耳甫斯走了进去，刻耳柏罗斯发现赫尔墨斯带着活人走进来时，简直不敢相信自己的眼睛。三个头的喉咙里传来了低沉的嗥叫声，尾巴上的龙头也发出了可怕的喊声。但也仅此而已，毕竟刻耳柏罗斯的使命是不许亡灵离开，而非阻止想进入的人。

不久之后，赫尔墨斯和俄耳甫斯就站在冥王哈迪斯的面前了。他坐在一把高大庄严、绚丽夺目的宝座上，身旁是他的妻子珀尔塞福涅。他左边其他高耸的宝座上坐着三位公正的判官——米诺斯、拉达曼迪斯和埃阿科斯，他们的责任是根据亡灵生前所犯的罪孽做出判决。

当他们看到赫尔墨斯领着一个活人来到冥界时，都吃惊地站了起来。哈迪斯十分生气，面色沉重。他正要责问赫尔墨斯时，俄耳甫斯弹奏的绝妙旋

律响彻宫殿，伟大歌手的喉咙里发出了绝美的歌声。

哈迪斯呆呆地站着，欣喜若狂，他之前只听过亡灵的呻吟，如今却被最伟大的歌唱家俄耳甫斯的声音迷住了。

如果说这声音感动了哈迪斯，那对珀尔塞福涅而言，歌声在她心中的回响则更加强烈。珀尔塞福涅记起了在人间的美好生活，那里有鸟语花香，有清流汩汩，还有歌手用竖琴和笛子来演奏乐曲，赞美生活的美好并感谢神灵。

三位判官也在侧耳聆听，心中满怀尊敬，脑海中浮现出人世生活的美妙。严苛的米诺斯——克里特岛万能的君主，也被感动得掉了泪；爱琴那岛的君主埃阿科斯在强忍着不抽泣；皮奥缇娅的立法者和君主拉达曼迪斯的内心也无比激动。他们虽然在冥界是强大的神灵，可他们深知就连人世间的奴隶都比他们开心。

俄耳甫斯就这样无休止地唱着，他的声音在听众的心里激起一波又一波的渴望。他唱出了人世间生活的欢乐，还有爱，那是来自众神的伟大礼物，然后讲述他对欧律狄刻的爱，最后宣泄出不公平地失去心上人的痛苦。他的歌声越来越高，所激发的情感也越来越强烈，像涟漪般一圈圈扩展到黑暗冥界的最深处。

　　亡灵的影子听见俄耳甫斯令人心痛的歌声，都停止了呻吟。因为藐视众神而受罚、一直忍受饥渴之苦的坦塔罗斯暂时忘记了自己的痛苦，像被施了魔法般专心听着俄耳甫斯的歌声；因为在人世的邪恶举动而被惩罚永远推巨石上山的西西弗斯也停下了日复一日的劳动，倾听俄耳甫斯的歌声；达纳伊达斯姐妹们因为她们在人世间所犯的罪，受罚永无休止地往一个巨大的无底瓮里灌水，她们也停下了手中徒劳的工作，心潮澎湃地倾听俄耳甫斯的歌声。

　　突然，一位年轻女子的影子从亡灵中跑了过来。那就是欧律狄刻，她听到了俄耳甫斯的歌声，跑来见她的爱人。顷刻之间，千百年来定下的规矩被打破了，欧律狄刻的亡灵投入了活人俄耳甫斯的怀抱。

　　哈迪斯目瞪口呆地看着，他目睹的这一幕公然挑战了生死相隔、永无相见之日的神圣而永恒的律令。

所有的在场者都害怕哈迪斯会雷霆震怒，残暴地终止他们眼前所见的这种闻所未闻的勇敢和美好。

赫尔墨斯深受感动，但也担心哈迪斯会因愤怒而惩罚俄耳甫斯。他请求这对深情拥抱着的爱人放开对方，二人也立刻听从了赫尔墨斯的话。

现在，大家都注视着哈迪斯，想看看这位严厉的神灵会如何发怒。可是，哈迪斯只是低下头，不言不语。沉默半晌，他抬起头看着珀尔塞福涅，冥后动人的眼中满是泪光。

然后，哈迪斯转向俄耳甫斯，说："告诉我你想要什么，我都会答应。我以冥河圣水的名义起誓。"

俄耳甫斯答道："冥界万能的君主啊，我想要你把我最爱的欧律狄刻还给我。她在人世的时间太短，爱情到来时她还没时间好好享受那份幸福，想到她在冥界黑暗的深渊中经受苦痛，我就无法忍受。没有欧律狄刻，我活不下去；她没有我，也活不下去。"

"如果这是你想要的,俄耳甫斯,我答应你。但你也要答应我一件事。"

"您想要什么都可以,万能的王。"俄耳甫斯回答道。

"欧律狄刻现在就可以跟你离开。你往前走,她就会跟着你。但是走出这里回到人世之前,你不可以回头看她。如果你回头了,欧律狄刻就会立刻回到我的宫殿。"

哈迪斯的要求很苛刻,可俄耳甫斯欣然接受,满心欢喜地想象他们只要重见天日,他的爱人就能永远回到他身旁。

他们起程返回,赫尔墨斯引路,俄耳甫斯在后,欧律狄刻跟在最后,离前面的两位稍微有点距离。他们走到大门时,刻耳柏罗斯昂起了三个头,以示威胁。不过俄耳甫斯用手指拨动琴弦,竖琴发出的美妙乐音充盈在空气中,令人生畏的冥界守卫就垂下了头。它被乐音迷住了,一动不动地站在一旁。

就这样,他们走过了冥界大门,坐上渡神的渡船再次渡过冥河,开始走上返程的那段漫长的山洞隧道,一路上行。旅程十分辛苦,令人疲惫,但他们并不在意。俄耳甫斯满脑子想的都是跟在后面的欧律狄刻。她跟上来了吗?这个可怕的疑虑渐渐在俄耳甫斯的脑海里扎根。因为在他们周围死一般的寂静中,俄耳甫斯能听见自己的脚步声,也能听见赫尔墨斯的脚步声,他身后

却没有任何声音。这是为什么呢?

"要是欧律狄刻没跟上来怎么办?要是刻耳柏罗斯不允许她跨出冥界大门怎么办?要是渡神不让她上船怎么办?"

"唉,要是我能证实欧律狄刻是跟在我后面该多好!要是我能看见她该多好,哪怕只是听到她的动静呢!"一路上,这个想法一直折磨着俄耳甫斯,可是归路似乎没有尽头。

他们的周围一片黑暗,伸手不见五指,可俄耳甫斯还是能依稀辨认出前方赫尔墨斯的身影。要是这样的话,他只要一回头,就能看到欧律狄刻是不是跟在他们身后了。

俄耳甫斯意识到脑海里的念头时,他喊道:"我到底在想些什么?"他想到了这个念头将把他带入何种境地。"哦,神啊,要是我能知道欧律狄刻是不是跟在后面,要是我能知道走出这里后能不能看到她就好了!可是我不知道啊。为什么我什么也听不到?什么声音都没有!这到底是为什么?"

恐惧攫住了俄耳甫斯,他跟着赫尔墨斯的脚步,心脏几乎要因为那可怕的焦虑而爆炸。

最后,远方出现了一丝微光,俄耳甫斯的苦恼也达到了极致。每走一步,

光线就越强；越是这样，俄耳甫斯就越无法抑制心中的疑虑。

这时，洞穴里已经充满了明亮的光线，结束了。他们面前闪耀着白昼之光。只要永远赢回他心爱的人了，只要她在他后面！他们的旅程马上就要几秒钟，俄耳甫斯就能

"但她要是没跟上来呢？"俄耳甫斯沮丧地想着，随即转过了头。

他看到了欧律狄刻。

唉，神灵为何要对人类如此残酷？

俄耳甫斯在绝望的痛苦中伸出手想要拥抱他的爱人。可是已经太晚了，他还没碰到她，欧律狄刻就如秋风中的落叶般从他手边滑走了，飞旋回到了黑暗的冥府。

二人的再次分别比第一次还叫人心碎。俄耳甫斯绝望地跟在欧律狄刻身后狂奔，可她已经在俄耳甫斯的视线里消失了。很快，他就发现自己又回到了冥河岸边，跪下来恳求渡神渡他过河。可他还不如省省力气，因为渡神根本不理睬他。他在渡河岸边待了七天七夜，求渡神渡他过岸。到了第八天，他徒劳无功地再次踏上黑暗的道路，爬上艰险陡峭的上坡路，直到他再次沐浴

在日光下，绝望笼罩了一切。

在那里，就在那个洞口，俄耳甫斯看见了自己因恐惧而伸出手扑向欧律狄刻时滑落的竖琴。那一刻残忍得让人难以置信！竖琴掉落的地方离阳光只有两步之遥！

俄耳甫斯弯下腰捡起竖琴。苦痛万分的他弹奏着竖琴，惨痛的悲伤如狂风暴雨般在山洞里不断回荡。现在，没什么能安慰他了。俄耳甫斯因为没有遵守严厉的哈迪斯定下的苛刻条件，再次失去了自己的爱人。

失魂落魄的俄耳甫斯回到家乡。时光逝去，日月如梭，然而，他的梦里仍然萦绕着欧律狄刻。很多人建议他再婚，可作为回答，他只会拿起竖琴，弹奏出的乐曲是那样哀伤，甚至使回荡音符的磐石都碎裂了。

最终，当色雷斯举办献给酒神狄俄尼索斯的盛大宴会时，这位伟大而命运多舛的歌手迎来了生命的尽头。

这次参加狄俄尼索斯宴会的主要是女性，她们模仿酒神随从中狂野的精灵迈那得斯歌唱舞蹈。这些女性邀请俄耳甫斯为她们弹琴唱歌，可俄耳甫斯心里是那样伤痛而萎靡，他打心眼里不喜欢舞蹈和喧闹的狂欢。

女士们听到俄耳甫斯拒绝参加，十分生气，怒气冲冲地离开。当她们醉醺醺地从宴会上返回时，却又在路上遇到了俄耳甫斯。

"这就是那个侮辱我们的人！"她们尖叫道，"那个讨厌我们的人！那个拒

绝对狄俄尼索斯表达敬意的人!"她们一边说一边用碎石、木棍甚至是镰刀攻击俄耳甫斯。

就这样,她们被酒精迷得头昏脑涨,几乎不知道自己在做什么,她们像凶猛的野兽般扑向了这位忧郁的歌手,把他折磨得血肉横飞。

当这些女人清醒过来,她们意识到自己犯了何等大罪,便跑到最近的河边清洗手上的血迹,想要洗去所行之事的罪孽。可是河流突然干涸了,河神将流水引向地下,这样便不用帮她们洗去罪行。

俄耳甫斯死了,他的灵魂却欢喜地去往冥界。在那里,他就要与欧律狄刻团聚了。

现在,俄耳甫斯可以凝视他的爱人,再也不用担心会再次失去她。亡灵的世界不知道生活幸福为何物,毕竟冥界里既无笑声亦无欢乐,也无竖琴或歌声打破地府的静寂。不过，就算其他人都无法享受生活的欢乐，俄耳甫斯和欧律狄刻却很幸福，因为他们的爱情已经超越了死亡，俄耳甫斯的技艺也获得了同样的成功。

在奥林匹斯山的一座郁郁葱葱的山坡上，有一个地方的鸟儿的叫声是世界上最为甜美的，这里就是艺术女神们安葬俄耳甫斯的地方。俄耳甫斯的竖琴被海浪带到了莱斯博斯岛的岸边，当浪花有节奏地拍打琴弦时，竖琴便会奏出美妙的旋律。阿波罗听到这乐声，便赶来将竖琴从海边捡起，放在高高的天上。从那以后，它便化为天琴座闪闪发光。

虽然已经过了很多年，但在那个美丽的小岛上，海浪拍打峭壁和沙滩时，仍旧会发出动听的旋律。这就是为什么这个岛上的人们能一直热爱音乐和诗歌，并涌现出萨福、阿尔凯奥斯、阿里翁等伟大的诗人和歌唱家。

第十九章

游吟歌者
阿里翁

关于阿里翁有一个有趣的传奇故事值得讲述。据传,阿里翁是能撼动大地的海神波塞冬的儿子。他还是个孩子时,就已经是杰出的诗人和音乐家了。

有一天,他碰巧引起了远古七贤之一、科林斯的统治者佩里安德的注意。佩里安德是当时著名的艺术赞助人,他听到阿里翁的歌声,那歌词与旋律令他着迷。深受感动的他邀请这位杰出歌手来到科林斯,那是一座富饶强大的城邦,受到佩里安德赞助的各类艺术家在这里齐聚一堂。

阿里翁接受了佩里安德的邀请。也正是因为去了科林斯,阿里翁才名声大噪起来。后来,他的名字传遍了世间的每一个角落。

有一年,西西里岛举办了一场盛大的艺术庆典。古代各个城邦都派出了最杰出的艺术家前去参加,科林斯的代表就是阿里翁。

在西西里，阿里翁的表现十分突出。他走到哪里，哪里就有热烈的掌声。评委们毫不犹豫地将冠军颁给了阿里翁。阿里翁作为作曲家、诗人和歌唱家，包揽了他参加的每一个城镇音乐节的冠军。当他回到希腊，他身边带着一大堆金杯与无价的奖品。

可阿里翁命中注定要落入盗贼之手。载他回科林斯的船刚刚起航，船长就带着两个魁梧的船员来到他面前，狞笑着说要把他扔下船去。

"我犯了什么罪？"阿里翁惊诧地问，"为何要这样对我？"

"你要是真想知道，那我就告诉你吧：你带的金子太多了。"

"要是金子，想要你拿走便是，"阿里翁说，"可是请饶我一命，这样我还可以继续歌唱。"

船长说："我们可没傻到按你说的做。等你到了科林斯，就会立刻告诉佩里安德我们抢劫了你，那我们就全完了。我要是你，如果有人蠢到拿了我的东西却饶了我的命，我也会这么干。"

不过，就算这样，阿里翁也没放弃希望。"我明白，我是没法说服你放我

一马的。不过，请你至少答应我这个请求：在我死之前，让我最后弹一次琴吧。"

"弹吧。你要是愿意，跳舞也行！"船长冷酷地说。

就这样，阿里翁坐在船尾弹着竖琴唱起歌来，召唤自己的父亲——伟大的海神来救他。

飘荡在海浪上的歌声美妙动听，令人心旷神怡。很快，一群海豚听到歌声就追着船前行。可是船长丝毫不为歌声所动，突然凶狠地将阿里翁踢下了船，留他在海中颤抖。

随后，船长看都没看一眼阿里翁，就径直走向了阿里翁的宝箱前，急不可耐地想要看看落到他手里的宝贝——或者说，是他自认为落到他手里的宝贝。

阿里翁并没有被淹死，有只海豚看到他沉下去，就立刻潜入水下将他托出了海面。于是，阿里翁坐在海豚背上继续他的希腊返程之旅，他的琴声也再一次在浪花之上回响。

友好的海豚将阿里翁放在伯罗奔尼撒岛泰纳龙的岸边，阿里翁从那里出发，成功抢在强盗之前抵达了科林斯。他一到达城邦便直接去找国王佩里安德，告诉他自己的倒霉遭遇以及获救的经历。

第二天，劫匪的船驶入港口，国王佩里安德便召见船长，想要知道阿里翁怎么没回来。

当然，船长早就准备好了谎言："陛下，阿里翁想继续在西西里待一段时间，所以我们就自己起航了。"

"你敢发誓吗？"佩里安德严厉地问道。

船长除了发誓，还能怎么办？

就在这时，一扇门开了，阿里翁出现了！船长十分震惊，简直不敢相信自己的眼睛！

"这不可能！"他倒吸一口凉气。

"事实就是这样！"佩里安德怒吼道。然后他命令士兵立即捉住船长，把他绑起来。

就这样，船长被捆住手脚扔到一艘即将起锚的船上，按佩里安德的命令，他被扔进了海里。

至于他，可就没什么奇迹能救他了。

第二十章

森林之神玛尔绪阿斯

谈到音乐和音乐家，还有一个神话，那就是关于森林之神玛耳绪阿斯的故事——他因用长笛向阿波罗发起音乐挑战而丧命。

这支长笛背后也有故事。要是玛耳绪阿斯知道这个故事，他绝对不会把笛子放在嘴边吹奏。

一天，雅典娜女神发现了一根美丽修长的鹿腿骨。这根骨头看起来着实讨人喜欢，雅典娜便想把它做成实用又迷人的物件。很快，她就决定好要做什么，然后开始小心翼翼而又巧妙地雕琢这根骨头。她切去骨头的两端，把里边清理干净，在上面钻上洞。最后，她在顶端打造了一个精美的吹口。一切都完成后，她把吹口放到唇边开始吹起来，并把手指放在洞上移动。制作完成的乐器发出了悦耳的声音，这便是世上第一支长笛。

雅典娜很喜欢自己制作的乐器，不知疲倦地吹奏它。有一次，当她为奥林匹斯山的其他神灵吹奏时，她注意到赫拉和阿佛洛狄忒正盯着她，然后偷偷地相视而笑。

雅典娜放下长笛，生气地说："你们在取笑我吗？别人都在欣赏我的演奏，你们却坐在那里笑！"

"要是你看得到你吹那个东西时自己的脸，你就知道我们为什么笑了。"两位女神说。

"她们一定是嫉妒我。"雅典娜暗自低语。

随后，她走到河边吹她的笛子，在那里吹奏时能看到自己的倒影。当她看到自己吹气时两腮鼓起来的样子，还有她姣好的面容也因吹气而扭曲，她明白赫拉和阿佛洛狄忒为什么偷笑了。

她恼羞成怒，一把扔出长笛，喊道："讨厌的东西！都是因为你，我才受到这样的侮辱。我诅咒捡到并吹奏你的家伙！"

雅典娜扔掉的那支笛子被玛耳绪阿斯捡到了，而他对诅咒毫不知情。他拾起笛子，十分喜欢这个宝物，决定把它留下来。随着时间的推移，他越来

越喜欢这支笛子，也学会了吹奏它。他吹得尤为好听，以至于听到的人都说，就算阿波罗也吹不出这么好听的乐曲。

不幸的玛耳绪阿斯怎么知道雅典娜的诅咒笼罩着他呢？他从前并非炫耀吹嘘之人，可现在他逢人便说自己吹奏的乐曲比金发的阿波罗的还要动听。

不久，万能的音乐之神阿波罗便出现在倒霉的森林之神面前。他衣着华丽，手持闪闪发光的金色竖琴，身旁是九位艺术女神。

"你怎么敢说自己演奏得比我还好？"阿波罗责问道，"世界上敢有人或神说自己对音乐的造诣赶得上我吗？"

"我们可以比比看，"玛耳绪阿斯冷静地说，"让你的九姐妹做裁判，看看我们俩谁演奏得好。谁赢了，就可以随意惩罚输了的人。"

愚蠢的玛耳绪阿斯啊，为何要这样鲁莽地口出狂言？一个小小的森林之神怎么能用他的雕虫小技跟万能的神灵相媲美？你可知道不能侮辱不死的神灵？而他们要实施的惩罚则残忍得超出想象？

果然，阿波罗的回答既迅速又可怕："我一定会打败你，并且因为你的傲慢而活剥你的皮！"他怒吼着，脸因愤怒而涨得通红。

可玛耳绪阿斯好像一点儿也不在乎，他把长笛放在唇边开始吹奏。艺术女神们听到他吹出的曲调后很是惊讶，甚至阿波罗都不敢相信自己的耳朵。因为从玛耳绪阿斯的笛子中流出的音乐是那样完美，不管是神是人，都无法吹奏得更好。接下来轮到阿波罗了，无论哪方面他的音乐都与玛耳绪阿斯旗鼓相当，却不能超越他。

所以，艺术女神们无法宣布谁是胜利者。

这时，阿波罗已经怒不可遏。他决定不管方法是否公正，都要报复这个小瞧他的森林之神。

"很好，"阿波罗咆哮道，"现在我们把乐器倒过来演奏，再比一次！"

他把竖琴倒过来，弹得和以往一样好；可长笛无法吹口朝下演奏，所以可怜的玛耳绪阿斯什么音也吹不出来。

就这样，艺术女神们宣布阿波罗获胜。

神灵的报复如霹雳般降临到玛耳绪阿斯身上，可怜的森林之神因挑战不死的神灵而痛苦地死去，且死状凄惨。

森林女神为玛耳绪阿斯哭泣，把他葬在河边。艺术女神们为这位不幸的森林之神感到难过，便请求她们的父亲宙斯怜悯一下死者。这位神灵与万民的统治者听从了她们的请求，玛耳绪阿斯因此没有去冥界的黑暗深渊。相反，他的灵魂被放到流经他坟墓旁的河水中。

从此以后，载着玛耳绪阿斯的这条河像音乐般流淌，仿佛长笛奏出的乐曲，听到的人都觉得悦耳动听。不过，每当河水想起阿波罗残忍的报复时，就会汹涌澎湃地激荡起来，气势汹汹，雷霆万钧，一路宣泄着恐惧与悲伤。

第二十一章

牧神潘恩

现在，我们来讲讲这位神灵的故事吧。没有哪位神灵比这位更可怜了，不仅最受轻视，而且长得最丑，连自己的母亲都不愿意认他——这位神灵就是长着山羊腿的牧神潘恩。

潘恩是赫尔墨斯与仙女德律奥佩之子。他生下来就奇丑无比：浑身长毛、尖耳朵、山羊角、山羊蹄。当德律奥佩第一眼看到他的时候，就被他的模样吓坏了，她尖叫一声就把孩子抛弃了。

可赫尔墨斯很怜惜这个孩子，他知道，在这个世界上，只有狄俄尼索斯的同伴们不会嫌弃他。于是，赫尔墨斯就把潘恩送到了狄俄尼索斯那里。大家一看到潘恩奇怪的样子和滑稽动作就笑成了一团。大家因他而开心，都张开双臂欢迎他的到来。

潘恩是群山之神，他最喜欢的地方就是自己的出生地阿卡迪亚。作为牧羊人和猎人的守护者，潘恩也喜欢唱歌跳舞，更喜欢吹排箫。下面我们就来讲讲潘恩手中的排箫是从何而来的。

不幸的是，尽管潘恩从来都没有害人之意，但因为长得丑，他一出现，人们还是不禁对这位山羊足的神灵感到恐惧，英语中表示惊恐的单词"panic"就来自潘恩的名字"Pan"。所以，到了后来，可怜的潘恩只能用吓走敌人的方式来帮助那些好人。

对美丽的森林精灵绪任克斯一见钟情的潘恩根本就没想过要吓唬她。可是，当绪任克斯看到这位长相奇怪的神灵时，她就像其他人一样惊慌失措地跑开了。不想失去爱人的潘恩立马动身追赶，可谁也想不到这场追逐的结局会如此出人意料。

潘恩用尽全力奔跑，绪任克斯也跑得飞快，他总是差那么一点点才能追得上。就在这时，绪任克斯跑到了拉顿河边，宽阔的河面她根本游不过去。看着越跑越近的潘恩，她心中涌起一阵恐慌。就在潘恩伸出手臂要抓住她的胳膊时，她绝望地请求河神救救自己。于是，河神拉顿把她变成了芦苇。

原以为已经抓住了仙女的潘恩，发现手中只剩下一根芦苇。眼睁睁地看着心爱的女人从自己眼前消失，潘恩十分伤心。他握着芦苇，迟迟不肯扔掉。这时，一阵风吹过，潘恩手中的芦苇随之发出了动听的声音。于是，他的脑海里蹦出了一个念头。他把芦苇切成长短不一的细条，这些芦苇一条比一条短；随后他将芦苇由长到短排列好，用蜡把他们粘成一排。就这样，他造出了一种新乐器，这就是芦笛，现在也叫排箫。每当潘恩把排箫放在嘴边吹奏，排箫中流淌出的乐曲就让潘恩心醉神迷，而潘恩也永远留住了这份天籁之音。

潘恩是位伟大的音乐家，据说只有阿波罗才能打败他。可潘恩并不接受这种说法，他决定挑战这位金发的音乐之神。

比赛定在佛里几亚的特摩罗斯山脚举行。双方都同意由该山的山神特摩罗斯当裁判，不过他们同时也邀请了佛里几亚的国王迈达斯。

潘恩最先演奏，他的演奏令人心旷神怡。从排箫中传出的美妙乐章飞越高山，牧羊人沉醉在这直击心扉的乐曲中；鸟儿也不再啼啭，全神贯注地聆听潘恩的演奏。

接下来是用竖琴演奏的阿波罗。只见他用手指轻轻地拨动了一下琴弦，优美的乐曲立刻像泉水般倾泻而出，包围了整座特摩罗斯山。不知不觉中，柔和的音乐飘到了山谷上空，顿时，山谷

里的回声加上琴弦发出的乐曲声，宛若交响曲一般，在整个山谷中激荡。竖琴发出的声音时高时低、时急时缓、时重时轻，就像一支魔法棒，指到哪里，哪里的万物就屏住了呼吸，就连树上的叶子也仿佛静止了。

演奏结束时，特摩罗斯毫不犹豫地宣布阿波罗获胜。

"不！潘恩才是胜利者！"迈达斯突然脱口而出。

阿波罗怒气冲冠，他径直走到国王面前，一把揪住他的耳朵，生气地质问道："谁让你当裁判了？你这两只耳朵懂不懂什么叫音乐？"阿波罗边说边拽，结果，迈达斯的耳朵被越拽越长，最后竟变成了两只驴耳朵。谁都知道，驴子是这个世界上最没有音乐细胞的生物了。

面对失败，潘恩有些伤心，他同情地看了一眼这个不幸的国王，便转身消失在丛林深处。在那里，他继续吹着手中的排箫，为山林水溪边着迷的精灵和仙女们送去优美的旋律。